1

逃脫時光迴圈

2

3

4

謎團

OM UDREGNING AF RUMFANG

5

索爾薇·拜勒

吳岫穎 譯

6

SOLVEJ BALLE

7

各界推薦

本書將一個看似熟悉的敘事設定——主角無法逃離重複的一天——轉化為對愛、連結以及存在意義的深刻沉思，並將其特有的情緒、節奏與哲學深度深植讀者心中。你會覺得自己置身其中，有時令人不安，有時讓人感到平靜，而這種感覺會在全書結束後持續迴盪。

——國際布克獎評審團

劃時代的巨作！

——北歐理事會文學獎評審團

最好的小說能做的就是打開空間。索爾薇．拜勒打開了時間的空間，令人難以置信。這是對時間及存在主義書寫的一次偉大實驗。

——卡爾・奧韋・克瑙斯高

拜勒是一位才華橫溢的作家，她奇蹟般地在重複之中找到最微妙、最迷人的差異。本書是你從未讀過的小說，一部關於時間、孤獨與難以轉譯的人類存在方式的深刻沉思——以及我們在這世界留下的那些脆弱卻難以抹滅的痕跡，一日復一日。

——厄南・狄亞茲

文學能量的徹底爆發，索爾薇突破了文學探索的新世界。

——妮可・克勞斯

拜勒的小說是對氣候變遷的沉思（因為主人翁的日曆永不轉動，天氣也永不改變），也是對虛構形式的一次實驗，同時也是對語言、人際關係和時間等深刻問題令人震驚的探索。

拜勒這部令人著迷的七部曲是對時間的深刻沉思。對科幻形式以思辨展開，而後拋棄，停留在無盡的十一月十八日。這是一場靜默的婚姻思索，既靠近又遙遠。主人翁寫道「時間在我們之間形成了距離」，這句話恰如其分地描繪了任何一段關係中逐漸漂離的感覺。

——《紐約客》

——《紐約時報》

這套七部曲的首部作品異常奇特，如夢似幻又古怪……小說核心的哲學難題，根植於日常生活的平凡與婚姻困境之中：當一方改變，而另一方仍舊如故。懸念結尾讓人迫不及待想讀下一本。

——《書單》星級書評

本書的主角被困在十一月十八日，不斷重複。她將這段被困的時間轉化為一項正式的計畫。觀看變成一種儀式，日子的雷同被反覆驗證。令人驚喜的是，這只是七部曲的第一本。

——《巴黎評論》

一天是什麼？它是時間的一個細胞，可以細分為：二十四小時、一千四百四十分鐘、八萬六千四百秒。這是人類對「生命」這個無法掌握的時間總量進行秩序化的方式。它是一種體驗，可能漫長、短暫、有趣或無聊，全取決於天氣、生理與社會因素的交匯。數十億人每日經歷這一過程，然後期待隔天如常而至。但如果一切不再出現呢？我們會怎麼辨？問問這位書中困於同一日的主角吧。這部小說是醞釀數十年的文學奇蹟，一部超凡的思辨巨作，也是這位年逾六十歲作家的強勢回歸。

——《紐約雜誌》

這部小說最具想像力的動力來自主角對語言的探索——她試圖用隱喻表達自己難以言喻的處境。她將日子比喻成沙灘、溪流、拼圖、建築與容器。作為讀者，我們也才剛開始學習如何在這部迷人而令人不安的小說中尋找出路，無論故事將帶我們前往何處。

——《華盛頓郵報》

這位丹麥小說家在一個島上隱居二十多年後寫出這套經典巨作，這套書已成為一種國際現象。

——《費加羅報》

索爾薇將敘述者和故事背景巧妙地融合在一起，堪稱天才之作。

——《軌跡》雜誌

本書的前提，換作其他人或許會淪為噱頭，但在索爾薇的演繹下，簡潔的文字卻透著一種低調的清晰，為這個奇幻的設定增添了哲學共鳴。索爾薇的系列小說提出了關於物理學、永續性，以及生命意義的問題。

——《大西洋月刊》

無與倫比的懸念。

——《Morgenbladet》

拜勒的寫作堅定、緊湊、古怪而又富有節制。具原創性而又璀璨。

——《Information》

她用語言當作手電筒與鏟子，交替照亮與挖掘我們對存在的理解基礎。

——《Klassekampen》

這部小說充滿觸感、具體，並在閃耀的句子中捕捉到值得肯定的存在宇宙。

——《Vårt Land》

融合了沉思、科學推理與冷冽幽默，描繪一顆試圖理解時間與空間的心靈。

——《Asymptote》

據說醞釀數十年，原文丹麥文尚未完結，這部計畫中的七部曲講述一位珍本書商在雨中的十一月某日反覆輪迴。文字緊湊而豐富，讓人從平凡昇華至神聖。主角以感官作為現象學的導引，觀察鄉間住所的聲響與觸感，還有她搭乘火車橫越歐洲的經歷。這本作品精彩絕倫，令人期待下一本的到來。

——《*Frieze*》

這本小說如夢似幻、遊離不定；同時精緻又令人不安。更重要的是，對時間的探索極為出色。

——《*Mississippi Books Page*》

拜勒對這種難以想像（卻又與日常相去不遠）的生活狀態描寫得精確冷靜，嚴謹且節制……或許就像我們日復一日的生活與生命意義，遙不可及，也難以捉摸。

——《*Spectrum Culture*》

1

逃脫時光迴圈

2

3

4

5

6

7

#121

屋裡有人。當他在樓上的房間走動的時候，當他起床的時候，或者當他走下樓以及走進廚房的時候，都可以聽見聲響。他打開水龍頭往熱水壺裝水時，水管裡發出一陣嗡嗡的聲響。他把水壺放在爐子上時，會聽見金屬碰撞的聲響，而當他點燃瓦斯時，也可以聽見瓦斯爐開關發出微微的「咔噠」聲。然後便是短暫的平靜，直到水燒到沸點為止。沙沙的聲響，是茶葉和紙摩擦的聲音，一開始是一匙接著一匙的茶葉從包裝紙袋裡被舀出來，放進茶壺裡，然後是水倒在茶葉上的沖泡聲，但是這些聲音只有在廚房裡才能聽見。我可以聽見冰箱被打開的聲音，因為冰箱門撞擊到了流理臺的一角。接著又是一陣安靜，茶葉浸泡在壺裡，片刻後便能聽到茶杯和茶碟被取出櫃子的聲音。我聽不見茶被倒進杯裡的聲音，但我可以聽見他把泡好的茶和杯子端出去時，來往於廚房與客廳之間的腳步聲。他的名字是湯瑪斯・謝爾德（Thomas Selter）。這裡是位於法國北部克萊龍蘇布爾鎮郊區的一棟兩層石屋。這個房間位於石屋面向花園和柴火堆的最尾端，沒有人會經過這裡。

這天是十一月十八日。我已經習慣這個想法了。我已經習慣了這些聲音，這灰濛濛的早晨，以及很快就會飄落在花園裡的雨。我習慣了地板上的腳步聲，以及開了又關的門。我可以聽見湯瑪斯從客廳走到廚房，把茶杯放在流理臺的聲音，以及不久後他在玄關的聲音。我能聽出他從掛鉤取下外套，我還能聽見他不小心把傘掉在地上又把傘撿起來的聲響。

當湯瑪斯走入十一月的雨中，屋裡便一片沉靜。只有我自己的聲音和外頭傳來的微弱雨聲。鉛筆在紙上書寫的聲音，以及當我把椅子往後推，從桌旁站起來時椅子和地板摩擦的聲音。還有我自己在地上響起的腳步聲，以及當我開門去走廊時帶上門把發出的輕微聲響。

當湯瑪斯外出的時候，我通常會在屋內走動。我會上廁所，到廚房去取水，但是我很快地就會回到房間裡。我關上門，坐在床緣，或者坐在角落的椅子上，這樣如果有人從花園的小徑往屋裡看時，就不會發現我。

當湯瑪斯提著兩袋薄薄的塑膠袋回來時，那些聲音便又重新開始了。鑰匙插入鎖孔的聲音，以及鞋子在門墊摩擦的聲音。當他把買回來的雜貨放在地上，塑膠袋會發出窸窸窣窣的聲響。接著是他把雨傘收起來的聲音，然後他把傘放在玄關的椅子上，接著我就聽到了外套被掛在門邊掛鉤的聲音。當他把購物袋放在廚房的桌上，並且把買回來的物品一一歸位時，我能持續聽見塑膠袋窸窸窣窣的聲音。他把乳酪放入冰箱，把兩罐罐頭番茄放入櫃子裡，並且把一排巧克力放在流理臺上。袋子都清空後，他把它們揉成一團，放入水槽底下的櫃子裡。他關上櫃子，任它們在裡頭繼續窸窣作響。

一整天，我都能聽見他從樓上辦公室傳來的聲音。我聽見辦公椅在地上來回拖曳的聲音，以及印表機列印標籤與信件的聲音。我聽見樓梯上的腳步聲，以及當湯瑪斯把包裹與信件放在玄關的地板時，與木地板發出的輕微撞擊聲響。我能聽見他在廚房、客廳傳出的聲音。當他重新上樓的時候，我能聽見手掌或衣袖擦過牆壁的聲音，聽見他在浴室裡的聲音，聽見馬桶裡發出站著撒尿的人才可能製造出來的聲響。

不久，我便聽到他再次下樓且到達玄關的聲音，聽見他走進客廳，在那張靠窗、面向馬路的扶手椅坐下的聲音。他習慣在等待時閱讀，或者欣賞十一月的雨。

他等待的，是我。我的名字是塔拉．謝爾德（Tara Selter）。我坐在房子最尾端那間面向花園和柴堆的房間裡。今天是十一月十八日。每個夜晚，當我躺在這間客房的床上時，是十一月十八日這一天，而每天早晨，當我醒來時，也是十一月十八日。我不再期待在十一月十九日醒來，我也不再如同記得昨日那樣記得十一月十七日。

我打開窗戶，為窗外那些馬上就會聚集在花園裡的鳥兒們撒點麵包。雨暫停的時候，鳥兒們就會出現。黑鶇先出現，開始啄食蘋果樹上僅存的那幾顆蘋果，或是我丟出去的麵包，稍後，一隻知更鳥也出現了。不久後，一隻長尾山雀經過；緊隨其後，幾隻大山雀也來了，但是牠們隨即被黑鶇們趕走。隨後便下起雨來。黑鶇們依舊繼續啄食，然而當雨勢漸大，牠們便往樹籬飛去，尋找庇護。

湯瑪斯點燃了客廳的壁爐。他從花園的棚屋搬來了柴火，很快地，我便能感受到屋裡溫暖了許多。我能聽見玄關和客廳傳來的聲音，但是，此刻，湯瑪斯坐著閱讀的時候，我只聽得見我的鉛筆在紙上書寫的聲音，那是一陣很快就會消失在雨聲裡的輕聲細語。

我算著日子。如果我沒有算錯的話，今天是第一百二十一個十一月十八日。

我算著每一個日子。我追隨著屋子裡的聲音。當屋子裡一片寂靜時，我什麼也不做。我躺在床上休息或閱讀，但是我不會發出任何聲響。或者說，我幾乎不發出聲音。我呼吸。我站起來小心翼翼地在房間裡走動。是屋裡的聲音引領我的行動。我坐在床上，或輕輕地把椅子從窗旁的桌下拉出來。

午後，湯瑪斯在客廳裡播放音樂。我先是聽見他在走廊和廚房裡的聲音。我聽見他把水壺放在瓦斯爐上，我聽見他回到客廳時的腳步聲，他開了音樂。於是我知道，很快地，天就要放晴了。烏雲將會散去，接著會出現一點陽光。

只要音樂一開始，我通常就會做好出門的準備。我會站起來穿上我的外套和靴子。我在門邊等候，稍後，音樂的音量會開始增強，我便可以離開這間屋子而不被聽見，因為客廳裡的音樂聲能掩蓋門被打開的聲音、腳步聲，以及門被關上的聲響。

我從面向花園的門離開屋子。我把包包掛在肩上，小心翼翼地打開客房的門，走出玄關，再把門關上。地上放著三個半大不小的信封以及四個褐色紙皮包裝的包裹，上面寫著我們的名字：T. & T. 謝爾德（T.&T. Selter）。這是我們。我們買賣中古書籍，尤其是十八世紀的插畫作品。我們從拍賣會、私人收藏家或其他書商手上，買進這些作品，然後轉售出去。我們會用印著我們名字的褐色包裹把書寄出去。我一聲不響地經過地上的包裹，打開門走出去。我不需要雨傘。微雨依舊飄著，但是不久後就會停了。我沒有沿著從庭門延伸的花園小徑出去，而是左轉，沿著屋子的一側走去，經過花園裡的棚屋，繼續走向從屋內望出來看不到的花園一角。經過種植韭蔥和兩排甜菜的苗床後，我來到樹籬的一個缺口處，再從那裡走到馬路上。我回頭張望片刻。我看見煙囪上空旋轉的煙霧。我聽見隱隱約約的音樂。但是我急急往前走。再走幾步，我既聽不見音樂也聽不見雨聲，因為雨停了，音樂也在我身後消失了，我唯一聽見的聲音，是我走在人行道上的腳步聲、少數車子發出的聲音，以及從隔著兩條街的那間學校裡所傳來的孩子們的聲音。

稍晚一些，湯瑪斯會發現雨停了，他會關掉音樂。他會穿上外套，拿起地上的信件和包裹。他會在下午三點四十五分離開家。提著信件和包裹。T. & T. 謝爾德。是我們。但是我們之間隔著時間。我們會沿著小路走到鎮上，或是回到家裡。我們在外面，我們會在雨停時四處走走，但是走在不同的路上。他沒有預期會在路上遇見我，他當然不會遇見我。我知道另一條路，當他回到家時，我已經重新回到那間面向花園的房間裡了。

如果我缺少了什麼，我曾到幾條街外的一家小型超市購買。我會給自己足夠的時間，並且通常會選擇繞道走回屋裡。我會沿著花園小徑走到後門，從那裡進屋。屋裡一片寂靜。湯瑪斯外出了，雨也停了。他在前往小鎮的路上，他把包裹寄出之後，太陽就會出來了。他會穿過林子，到河邊去，直到午後下起雨了才回來，因為家裡沒有人在等他，他也沒有什麼急著要處理的事情。

大部分的時候，我回來便會把買回來的東西放到房間裡。我會把外套披在椅背上，脫下靴子，再走進廚房。水槽旁放著一個杯子，而瓦斯爐上的水壺還有一點餘溫。我可以跟隨湯瑪斯的足跡穿越整間房子。我上樓走進辦公室。桌上有一疊書本，還有散落一桌的紙張。書架和地上的箱子裡都有書。其中有一個箱子被打開，湯瑪斯曾在裡面尋找著什麼，之後沒有把箱子關上。在辦公室旁的臥室裡，看起來像有人剛剛起床，但是只有床的一邊有被睡過的痕跡。

在湯瑪斯回來之前，我有一個半小時的時間可以留在屋裡。我有時間洗個澡，在洗手盆裡手洗一些衣物，我有時間從書架拿下一本書，坐在窗邊的扶手椅閱讀。

如果在客廳消磨時間，我通常會聽音樂或讀書，直到夜色降臨，但是，今天，我留在這裡，在這個面向花園和柴火堆的房間裡。我聽見湯瑪斯從掛鉤取下外套的聲音，我也聽見他出門了。我打開通往玄關的門，包裹不在地上了，我坐在床邊的桌旁。今天是十一月十八日。我開始習慣了這個想法。

十一月十七日的早上，我在家門口和湯瑪斯道別。時間是早上七點四十五分，計程車在屋前的路上等候，而我趕上了八點十七分從克萊龍蘇布爾出發的火車。我要到波爾多去參加一個十八世紀插畫書籍的年度拍賣會。天空灰濛濛的，空氣潮濕，但是沒有下雨。

我從克萊龍蘇布爾車站出發，前往里爾佛蘭德斯，再換火車到里爾歐洲站，從那裡再前往巴黎，還得再轉換火車到波爾多。我在下午兩點前便抵達了波爾多火車站，由於車站前的道路施工，路障和各種標誌及道路封鎖，導致我一時混亂，最後才終於找到前往舉辦拍賣會展覽中心的方向，並在幾分鐘後抵達。簽到後，我獲得了一份節目手冊和一個名牌，上面寫著「光之廳七號」，接著是我的名字，下一行寫著公司行號：T. & T. 謝爾德。

插畫書的主要拍賣會預訂下午三點開始，我提前到了。之前已經進行了其他幾場拍賣。我從手冊看到今年主辦單位依舊安排了講座和小組會議，但是這些活動都不在我的計畫之內。

走進拍賣會場時，我遲疑了一下。我走入了研討會的氛圍中——被遺棄的咖啡杯和那些全部緊閉的門，導致我再次迷失了方向，直到看見相關的標誌和箭頭指引，我才找到拍賣廳及一旁的古籍展覽廳。許多古籍書商如往常般一字排開，在他們的攤位展示著書籍和科學插圖。對於想要投標的作品，我已心中有數，瀏覽過最重要的作品後，便在古籍展覽廳四處走走逛逛。我和以前見過面的一些書商打招呼，三點前就在拍賣廳正襟危坐了。沒多久，拍賣廳便坐滿了魚貫而入的人們。

我成功地從拍賣會買下一二部作品。其中五本已經有客人在詢問，而另外七本，我想應該可以用不錯的價錢賣出。我們經營的大多數都是價錢適中的書籍，銷售給各種收藏家，他們大部分來自歐洲地區，但也有少數來自其他地區。一般由我負責飛往各地的拍賣會或拜訪古籍書商，湯瑪斯則負責整理和記錄書籍及寄送工作。剛開始，我們兩人共同分擔所有的工作，久而久之，我們開始各自負責不同的工作內容。為什麼會由我負責旅行的部分，我並不完全記得，或許是因為我並不介意遠行，又或許是因為我很快就能對書本產生一種感知——我對紙張的觸感相當敏銳，對印刷品質有獨到眼光，對完美的裝訂方式有鑑賞力。我並不具體知道那是什麼，這幾乎是一種生理上的感覺，宛如可以感覺到哪一種葉子值得涉足的尺蠖，又或是可以聽見樹皮下昆蟲移動聲的鳥。魔鬼一般都藏在細節裡：翻頁時的聲響、對字母的感受、文字印刷的刻度、插圖色彩的飽和度——我不知道哪個部分才是關鍵，因為即便是我喜歡的作品類型，也唯有把書捧在手上時，我才能確定是否願意把書買下。

拍賣會結束後，我回到了古籍展覽廳，把之前保留的書籍款項付清，同時又找到了六本作品——其中有些找了一段時間，另外幾本則是之前沒聽過的書。通常，我會把最重和最值錢的書籍直接寄回克萊龍蘇布爾，也總會把其中幾本書直接放進包包帶走。這次我帶走的是幾本我從未聽過的書：按音調排列的鳥類聲音袖珍百科全書、第二版哈卡特的動物解剖學辭典，以及精美著名的第二版博伊索《蜘蛛地圖》（*Atlas des Araignées*）*——我們的一名忠實客戶希望能將其作為禮物送給朋友，因此我們答應會幫他留意這本書。

十一月十七日的傍晚，我搭上前往巴黎的火車，並在晚間抵達麗森飯店；

只要我們來到巴黎，通常都會投宿在這家飯店。飯店就位於阿爾瑪傑斯特街轉角處，許多和我們生意有來往的書商，他們的書店都在這條街，而我們的好友菲力普・莫雷爾經營古董錢幣的店鋪也在這裡。我接下來兩天的計畫，除了採購書籍及和菲力普碰面以外，便是拜訪在克利希的十八號圖書館。再隔一天，也就是十一月十九日，我和學術圖書管理員娜歐蜜・沙爾特有約。她曾經描述了十八世紀繪圖技術中一些迄今仍被忽視的變化。她發現一些雕刻技術及工作方法能夠非常精準地確定該時期末期的插畫創作日期，進而揭示插畫創作日期及書籍出版年代的分歧。

抵達飯店後，我打電話給湯瑪斯。通話時間不太長。我告訴他今天的收穫，並問他對於我隔天的收購是否有要追加的品項。他想起一部認為值得搜尋的作品，同時今天也讓我們在雷納爾街的兩位同業替他保留了一些作品；雷納爾街是阿爾瑪傑斯特街側的一條小街，他請我到那裡去看看這些書籍的狀況是否尚佳。

＊譯注：內文所提及的書籍皆為作者虛構。

我寫下書名，答應他會在隔天仔細檢查。我們也聊了一些有關拍賣會及十一月天氣這類話題，在互道數次晚安後，結束了通話。

我們嘗試在分開時避免長時間的電話交談。這不僅是因為我們的對話往往會變成對於書本狀況、出版日期、插畫和定價的詳細討論，也因為電話的交談會拉大我們之間的距離。只要脫離了簡單而實際的話題，我們的對話就會不知不覺地轉變成一種聲音的聯繫，一種低沉的愛的呢喃。即便交流才剛開始充滿意義與關聯，隨即又會轉化成既不成句也無訊息的分散序列：那些應該讓我們的聯繫保持開放的瑣碎的字和聲音，反而讓我們之間遙遠的距離更加清晰可見。自從開始分工，我們通電話時便只專注在實際的話題，並且只在必要時才通電話。

此刻，我已經遺忘了我們談話的許多細節，但是湯瑪斯仍記得十一月十七日那一天——對他而言，那是昨天——我們之間的對話；他告訴我，我非常興奮地與他分享了我的收穫，也告訴他考慮讓T. & T. 謝爾德擴張營業品項，納入科學版圖和插畫。我們主要針對我的建議討論了一些實際問題，特別是運輸相關的部分——這應該是湯瑪斯的任務。我認為這值得考慮，但是湯瑪斯抱著懷疑的態度。

我並不記得其他的談話內容，但是我記得在不久後，我洗了澡，躺在房間的床上，看了一下我的書單。我也記得旅途讓我有些疲憊，在手機上設定鬧鐘後，便寬衣入睡了。

我依舊不知道T. & T. 謝爾德開始經營插畫圖書究竟是不是個好主意，但是我知道，這樣的考慮已經不再有意義了。我也知道，湯瑪斯一早就把他的包裹交到郵局去了，他已經去了河邊，也經過了那座老磨坊，他穿越了樹林，很快就要回來了。

我留意著天邊風雨欲來的烏雲。那雲會告訴你，時間過去了。光消失了，我看見天空的顏色變成了暗灰色。如果我坐在客廳裡讀書，天色會暗得無法閱讀，於是我準備著退回客房裡。我靜坐片刻，聆聽著雨聲，當雨聲變大時，我知道湯瑪斯很快就要回來了。我從窗口旁的扶手椅站起身來。我走進廚房，在洗碗槽沖洗我的杯子，用茶巾小心翼翼地擦乾，放回櫥櫃，然後走回房裡。我在離開客廳前，常會記得先把暖氣開大。壁爐裡的餘燼早已冷卻，當湯瑪斯回到家時，他會被雨淋得全身濕透。

但是，今天我不在客廳裡。我坐在客房的書桌旁，而此刻，烏雲再次聚集了。我往花園看去，看著蘋果樹。幾顆果子已經落在草地上，此刻，微風幾乎把秋天的樹葉抖落風乾，然而葉子馬上又會被雨水打濕。我依舊可以看見在昏暗光線裡移動的鳥兒們。牠們可以感覺到雨之將至，卻依舊還沒在樹籬上安頓下來。

在我等候著湯瑪斯從外面經過時，天色逐漸暗了下來。我眼前紙張上的字母逐漸模糊了。我關上通往走廊的門，從窗前撤離。通常，在等候湯瑪斯回家的此刻，我會坐在床上；我知道在花園盡頭的路上，會先出現一個黑色身影，接著又一個身影走來。第一個身影是我們的鄰居。第二個是湯瑪斯，他冒雨回來了。這是我唯一能看見他的時段：在柵欄前，一個濕透的影子。其他的時間裡，他僅僅是屋裡的各種聲音。

直到湯瑪斯再次化為屋裡的聲音後，我才會開燈。我聽見他在花園小徑上的腳步聲、鑰匙在鎖孔裡轉動的聲音，以及門被打開和關上的聲音。我聽見他在門墊把鞋子踩乾的聲音，聽見他打開玄關的燈，一陣輕微的「喀噠」聲。我可以看見從門下洩漏進來的燈光。我打開桌燈。燈光充滿了整個房間，也從門下洩了出去，和玄關裡的燈光融合在一起，成了隱形的光，不會被看見。

我重新回到窗臺旁的桌前坐下，很快地，我會再次聽見湯瑪斯的腳步聲，出現在樓梯間和走廊。聽見他在廚房和玄關的聲音。聽見他打開面對大街的門，走出去，從花園裡摘一棵韭蔥，並從花園的棚屋拿了幾顆洋蔥。我可以聽見他穿上那雙擱在門邊的雨靴，聽見他沿著屋子走動的腳步聲，然後便什麼也聽不見了；直到他拎著蔬菜回到屋內，我才能再度聽見他。我聽見他為了一道湯切蔬菜。我聽見鍋子在爐上的聲音，湯煮好後，我會聽見椅子和廚房地板摩擦的聲音。稍後，當湯瑪斯在廚房的洗碗槽洗盤子時，我能聽見水管的聲音，也能聽見他走進客廳前把盤子放回櫥櫃裡的聲音。他會閱讀喬絲琳．米隆的《清晰的調查》來消磨夜晚時光，當他關上玄關的燈，上樓回臥室，時間將會是晚上十二點，但現在時候未到，夜晚才剛開始，湯瑪斯正在樓上臥室換衣服，而我正在回顧一長串的十一月的日子，這些日子同時在我記憶裡流動。我總共需要記住一百二十一天——如果我能做到的話。

首先，十一月十八日並非什麼不尋常的日子。早上七點半左右，我在飯店的房裡醒來，半小時以後，我下樓吃早餐。一整天下來，我拜訪了阿爾瑪傑斯特街附近那一區的幾家古籍書商，順路又去了一趟菲力普．莫雷爾門牌三十一號的店鋪。之前從未見過的菲力普的新助理說他下午應該會回來，於是我說大約五點左右再過來。在我們往常來城裡會交易的幾間書店裡，我找到了正在尋找的好幾部作品。我走進雷納爾街一間書店，查看那本湯瑪斯發現正在出售的《飲用水歷史》，有一位客戶已多次向我們查詢。那是不錯的版本，我馬上買下，放進包包，隔天就可將書帶回克萊龍蘇布爾，讓湯瑪斯寄給那位缺乏耐性的客戶。我還在同一間書店裡找到其他作品，買下後請他們把書直接寄去克萊龍。我去了另一間書店領取桑頓的《天體》，書的狀況十分良好，這個版本甚至還包括了一七六七年印刷的兩本小冊子，收錄了這版獨有的兩幅插圖。

將近五點時，我走下階梯，再次來到菲力普·莫雷爾的店鋪。距離上次見他已有好一段時間——半年，或許更久。我們在店裡最前端的那張大桌子旁坐著聊了很久，他時不時就得起身招待顧客或是接電話。我談起在克萊龍蘇布爾的屋子，我們已經搬進去好幾年了，他還是不曾來做客。我和他說起愛情、花園裡的蘋果樹、韭蔥以及甜菜。我告訴他秋天的水患、那條偶爾氾濫成災的河流，我提起我們逐漸能夠以此維生的生意，談到了需求日漸增長的十八世紀插畫作品、拍賣會以及最新的收購。菲力普則聊起在阿爾瑪傑斯特街上的生活、他的新女友瑪麗——我早些時候已經在店裡和她碰過面了。他聊起秋季政治的動盪，以及人們對舊時代稀有物品的巨大需求——他在經營生意時可以察覺到這一點。

菲力普主要經營羅馬帝國時期的錢幣，他很年輕的時候便開了這間店鋪，當時，這份工作被他大部分的朋友視為笑話，但是近年來他證明了這是一個有利可圖的生意。他敘述自己曾經如何多次被一名忠實顧客邀請出席晚餐，隨後訝異地發現自己置身於有趣的人群之中——不僅僅是年長的紳士們，還包括一群好奇的年輕男女——他們想知道有關帝國貨幣法規及鑄幣技術的細節，或者希望能了解有關白俄羅斯可疑的硬幣訊息。他說起那位主人如何拖著客人穿越寬敞的巴黎公寓，展示他們的硬幣收藏品，客人們不但沒有為主人的特殊嗜好感到驚訝或尷尬，反而興奮且全神貫注地用高倍數的放大鏡仔細觀賞主人最新的收藏。菲力普承認，他為自己低調的熱情能夠迎來如此關注而感到訝異。來自遠古時期的這些小小的金屬標誌，顯然已成為一種新的收藏欲望，雖然還不至於掀起熱潮，但至少增長可期，他也能透過自己的生意，察覺到這點。

我們對這種遠古「獎盃」的需求進行了一些思考，然後我拿出手上這版《飲用水歷史》給菲力普看。我們討論買家為了得到這本書顯露出的渴望，並對其想要買到這本書的理由感到困惑。究竟是誰會對一本講述兩百年前飲用水歷史的書感興趣呢？也許是某種收藏家，但是對於其收藏品有哪些及本書與其收購間的關聯，我們實在難以推測。我只知道他的姓名、地址和他在幾星期前第三次詢問本書時電話裡的聲音，其他一無所知。我猜測他是一個中年男人，我知道他曾和我們買過幾本書，但並不記得是哪些書。

我依舊記得我們如何以一種帶點諷刺及超然的態度討論這種對過去寶藏日漸增長的興趣。儘管我們自己也染上了這種鄉愁——或者說對歷史的渴望，無論怎麼說都好，我們都對這股日漸蔓延的興趣感到驚訝。顯然地，我們開始和越來越多人共享這些特殊嗜好，針對這點，我覺得我們幾乎有點感到抱歉。至少我們能以此維生。這並不是一種消遣或曇花一現的時代象徵，這是我們的事業。我們需要經營T. & T. 謝爾德公司以及莫雷爾錢幣學公司，而且我們相信，我們內心這種懷舊，與客戶相比，應該還有一種更務實的關聯。

幸好，菲力普的女友瑪麗在我們對話時抵達了。菲力普為我們相互介紹，我們對於剛剛結束的話題交換了一些看法，也提及今天稍早時已見過面。稍後，瑪麗找來另一張椅子，在櫃檯坐下，而菲力普則到附近去買些食物及幾瓶葡萄酒。

那是十一月裡逐漸轉冷的夜晚。早上，飄了點雨，接下來整天都是多雲天氣，偶爾有些陽光，而此刻坐在店裡仍可感到寒意。菲力普在剛開店的最初幾年，曾經住在店裡，店裡有個小廚房及一臺老舊的瓦斯暖氣爐，瑪麗和我決定嘗試點燃這臺暖氣爐。瑪麗拭去表面灰塵，我們一起把暖氣爐旁那一大罐藍色的瓦斯和暖氣爐安裝好，合力把這沉重的設備推到店裡的櫃檯旁。我們在廚房一個抽屜裡找到一盒火柴，點燃了暖氣爐。當菲力普回來時，店裡已經暖和起來，我們坐在櫃檯旁吃東西，喝葡萄酒，閒聊了幾個小時。

關於這個夜晚，我清楚記得的是和菲力普與瑪麗共處一室的喜悅心情。他們之間有一種我無法忽視的親密。不是那種將旁人拒於門外、彼此之間充滿默契的關注，也不是那種熱戀情侶對彼此無止境的注視和肢體接觸而產生的親密關係；更不是那種脆弱的親密感——讓旁觀者感到自己彷彿是多餘的干擾而產生一種只想讓這對戀人獨處、沉浸在他們剛剛萌芽且脆弱的聯繫中的強烈衝動。在瑪麗與菲力普周圍的空間裡有一種平靜，這種平靜讓我回想起五年前遇見湯瑪斯的時候。那種忽然間共同擁有無法言喻的什麼的感受，發現對方居然存在的詫異——這樣一個讓一切都變得如此單純的人——同時為你的內心帶來平靜及澎湃的感覺。菲力普和瑪麗顯然想要與彼此度過餘生，如此簡單明瞭，除了一起期待未來的發展，別無其他選項。在這種情況下，我的拜訪如同自然而然的事，我是他們共同人生的一個元素，像是同事或是和菲力普年少時友人結婚的朋友。我不是他們之間的障礙，對他們既無利益也不會帶來麻煩；我既非反對者也不是協助者，我不是買家也不是賣家，我僅僅是他們共同人生裡存在的事實。

那天晚上聊天的內容，我不記得細節，但卻記得屋裡的氛圍。我記得在某個片刻裡，仔細端詳我們圍坐的那張作為店裡櫃檯的老舊寬闊橡木書桌的一角。我記得木頭上的痕跡及放在櫃檯透明盒子裡那些作為展示品的硬幣，那些盒子被我們移到桌旁，挪出空間放置杯盤。我也記得室內的溫度及暖氣爐的意外。那是在我們用完餐後不久。我把椅子拉得太靠近後方，有點難以承受那股熱氣，於是站起身想把暖氣爐稍微挪開。我記得菲力普收拾好我們的盤子，走去店鋪裡的小廚房拿了開瓶器以便再開一瓶葡萄酒，我也記得曾提起暖氣溫度這類的事，說我想要把爐子稍微移開。瑪麗站起身來想要幫我，但是我的一隻手已經擱在暖氣爐的上端邊緣，並且將其用力從我們坐著的櫃檯處推開。

在這段時間裡，暖氣爐自然早已燒得過熱，金屬邊框熱得滾燙，我將手放在上面，就在那沉重的爐子開始移動的瞬間，手上傳來一陣尖銳的灼痛。我大叫，大概也罵了一聲髒話。瑪麗過來把暖氣爐移開，我站著不動，因疼痛而癱瘓片刻。菲力普才把盤子放進廚房，馬上又去端來一碗冷水，要我把手浸泡進去，我就這樣整晚都將一隻手浸泡在碗裡，然而燙傷處的疼痛並未消失。這是那晚唯一不尋常的事件。

晚上十一點不到，我回到了飯店，稍後便打電話給湯瑪斯。他正專注閱讀喬絲琳・米隆的書，聽來似乎沒有想到我會打電話過去。我不知道是否打擾了他的閱讀，又或者他其實很高興被打斷，但是我記得他向我介紹了書中的主要論點，並描述書中概述的各種啟蒙思想。我還記得我們討論了這本書有些奇怪的副標題「啟蒙計畫的興衰」，之後，我說我去拜訪了菲力普，提起了他的女友瑪麗及他們之間顯而易見的愛情，我也說了關於對帝王硬幣日漸增長的需求，還有在菲力普店裡發生的暖氣爐事故。湯瑪斯則說，除了午間雨水暫歇了幾個小時，幾乎下了整整一天的雨。他已經去了郵局一趟，把信件和包裹都寄了，當陽光出現的時候，他決定要穿越樹林沿著河邊散步。他走到了老磨坊那裡，以為雨已經停了，卻在回家途中遇上傾盆而下的大雨，導致全身濕透。我記得我們還聊起河岸氾濫的風險。他說，以水位來評估，如果接下來幾天的氣象預報準確，這一波河岸氾濫成災的風險應該已經過去了。我無法記得那次對話的所有細節，但我確定的是，我向他報告了當天的收購成果、價格和寄送問題，我也知道我們討論了我隔天的行程：我將在隔天，也就是十九日那天，跟十八號圖書館的娜歐蜜・沙爾特會面。

在談話中，我曾數次投訴依舊疼痛的燙傷傷口，我們還嘲笑了我的粗心大意，因為這不是我第一次因為忽視湯瑪斯所謂的「因果基本原理」而受傷。他建議我去找一些冰塊來冰敷，然後我們交換了一些沒有實際內容的話語。我記得，我們其中一人察覺彼此再次走向了熟悉的聲音連結，那些讓我們之間的距離更顯清晰的低喃，在我們互道幾次晚安並結束通話前，我想我答應了湯瑪斯，我會馬上去飯店櫃檯要些冰塊。那是我在時間崩壞以前，最後一次和湯瑪斯的對話。

我醒著一段時間，半小時，可能更久。我拿了一袋冰塊，把冰塊敷在燙傷處，並用一條毛巾把手包紮起來。疼痛和寒冷讓我無法入眠，我躺在床上翻來覆去，體內有一種異常的不安，但是，漸漸的，或許是因為冰塊的冷卻效應，或許是因為疲勞，又或是其他因素——疼痛消逝了。我稍後睡著時，手上還裹著包有融化冰塊的毛巾，床邊的桌上放著一小疊書：有關鳥叫聲的一些紀錄、一本蜘蛛圖集、一本關於天體的書、一部有關飲用水歷史的作品和一本動物解剖學參考書。床邊的一張椅子上，則放著我的手機，手機鬧鐘已設定在隔天早上七點半。椅背上掛著一件洋裝、一件毛衣和一條褲襪，地上放著一雙短靴和一個肩背包，裡面有備用的裙子、襪子、內衣褲、一個錢包、一串鑰匙、一個幾乎空了的水瓶，和一把摺起來的雨傘。

那個肩背包仍在地板上，那疊書也仍在客房床邊的桌上。我卻已經不在飯店的房間裡，而是在我們位於克萊龍蘇布爾的屋裡，在那間面向花園的房間裡。現在是夜晚，而今天依然還是十一月十八日。湯瑪斯坐在客廳裡看書，很快地，他會把燈熄了，檢查門是否都鎖好了。他將會上樓，而當他醒在明天的早晨時，他將徹底遺忘他的十一月十八日這一天。

這是我經歷的第一百二十一個十一月十八日，我手上依舊可以看見一道窄窄的傷疤。起初，那是一道紅腫的燙傷傷口，然後，開始起水泡，接著結成了一道細長的褐色的痂。漸漸地，痂開始鬆脫，落下後，在皮膚留下一道明亮的紅色傷痕，然後，緩慢地，日復一日，傷痕變小了，便無法再觸摸到傷痕。再過一會兒，我關上燈以後，就再也無法看見它了。

#122

我可以從那些聲音裡聽出來。這是相同的一天。我再次從客房醒來，而湯瑪斯再次在他的早晨儀式裡活動，水管已經嗡嗡地響過，瓦斯爐和櫥櫃也已經貢獻了它們的聲音。再過一會兒，湯瑪斯便會外出，不久就會帶著他的袋子回來，而在他出門時，我會去廚房裡拿一包餅乾或義式脆餅或能找到的任何食品，我已經快要把存糧吃光了。

我可以聽見湯瑪斯為十一月的雨做好了準備。當他把鑰匙找出來的時候，我可以聽見一陣微弱的叮噹聲；當他從掛鉤取下外套時，我可以聽見外套布料劃過壁紙的聲音。

我數著日子。這是我的第一百二十二個十一月十八日。我已經離開十七日很久了，我不知道有生之日是否能來到十九日。但是十八日去了又來。它的到來讓房子充滿了聲音。來自某個人的聲音。他在房子裡走動，現在，他出門了。

這就是我開始書寫的原因。因為我可以聽見他在屋裡的聲音。因為時間崩壞了。因為我在書架上找到一包白紙。因為我嘗試記得。因為紙張會記得。或許句子有某種療癒的作用。

我在窗口旁坐下。那裡放著一疊紙，上面寫著：屋裡有人，而我可以聽見他四處走動的聲音。我寫，他在等待，而他等待的人是我。我寫時間崩壞了。我開始習慣了這個想法。我寫：我開始習慣了這個想法，以及，句子有某種療癒的作用。或許。

然而，這些日子還是一樣的；稍後，當我到廚房拿糧食之後，當我上過廁所刷了牙之後，當我關上門再次坐在窗旁時，我會聽見湯瑪斯帶著他採購的東西回來。我會聽見他把東西從袋子裡取出並歸位。我會聽見冰箱被打開、冰箱門和流理臺一角碰撞的聲音。我會聽見他走進樓上的辦公室，在廚房和在玄關時的聲音。我會聽見手掌或衣袖劃過樓梯間牆壁的聲音，以及當他把包裹與信件放在玄關的地板時，木地板輕微的撞擊聲。

我在吃早餐時就發現了。我在早上七點半前，在麗森飯店的房間裡醒來，身旁有一條濕毛巾，以及手上不再那麼痛的燙傷傷口。我快速地洗了澡，然後下樓去吃早餐。我點了咖啡，在自助餐檯領餐，拿了份報紙，回到我的座位。但是，就在我瞄過首頁時，我發現那份報紙和我在前一天讀的是同一份。我走到飯店櫃檯向他們要一份當天的報紙，卻被告知我手上的這份報紙便是今天的，而今天正是十一月十八日，前一天是十一月十七日。即便我知道自己是對的，但我也極少願意費心討論這類細節，於是我找了一份昨天的報紙，回到我的桌前，把剩下的咖啡喝完。

一直到飯店的其他客人把一片麵包掉在地上時，我才開始感到害怕。我知道這樣的事會在全世界的飯店裡一再重複發生，但是，正是這一位客人，在前一天，同一個空間的同一個地方，掉了一片麵包。那是一片白麵包，和他在前一天掉的麵包，大小一樣，掉落的速度也一樣，輕飄飄地墜落，速度緩慢得足以顯示這是一片相當輕盈的麵包。這個人的動作也是一樣的。當他彎下腰去撿麵包時，他有著一樣的遲疑，顯然地，他無法決定把麵包從地上撿起來時該如何處理。他非常明顯地被兩套標準分割：其一是不該丟棄完好的食物，其二是從文明的碗、籃子或盤裡掉出來的食物都該一律視為垃圾。此刻，我看見他與前一天同樣的低調動作，他以眼神環顧四周後，決定把麵包丟棄在垃圾桶，另外去拿了一個牛角麵包。

從他身上看見同樣遲疑的那一瞬間，我就知道我被困在了一種循環中。我不知道隔天又會是另一個十一月十八日，然後再一個，又一個，但我知道有些什麼不太對勁。

我立刻起身出去，走到最靠近的報攤檢查每一份報紙的日期；稍後去自動提款機用我的信用卡提款；緊接著，我走進兩間不同的飯店，偷瞄了接待檯上的日曆——這些舉動，並非因為我不相信、而是我必須有所行動，因為我太困惑了。報紙、提款的單據，和飯店櫃檯的日曆，這些日期全都證實今天是十一月十八日。就連天氣也是一樣。吃過早餐以後，雨也下了，此刻雲雨皆散了，我沿著潮濕的街漫步，看著第一批開門營業的商店。這將會是陽光偶爾露臉，多雲且寒冷的一天。

我回到飯店，打電話給湯瑪斯。我假裝忘記和克利希十八號圖書館的娜歐蜜．沙爾特約了幾點見面，由此證實，對湯瑪斯而言，這天也是十一月十八日。我的約會是在十九日。明天，他說，上午十一點；非常明確地，對湯瑪斯而言，這是今年第一個且唯一的一個十一月十八日，一個嶄新且尚未過去的一天。是十一月十七日之後的那一天，是我計劃要回家的十九日的前一天。

我們的對話，很快地就揭示了一切：我在前一晚所告訴他這一天內所經歷的事情，都消失了，他也不記得自己曾經經歷過十一月的這個雨天。他不認為自己去了一趟郵局——無論是寄信還是寄包裹。他並沒有去河邊，更沒有被雨淋得濕透，對於我們在十八日晚上的那通電話，他一點記憶也沒有。他的記憶裡並不存在我拜訪菲力普．莫雷爾的事，沒有瑪麗、暖氣爐、燙傷和冰塊。沒有任何關於飲用水或天體的資訊，也沒有喬絲琳．米隆傑出之處的對話。他只記得我們更早的對話。前天晚上。十七日那天。

隨後，我坐在房間裡尚未整理的床上，背靠著牆，身邊放著我的手機。問他那些問題的時候，我非常小心。我不想讓他感到不安，我只想知道自己是否獨自經歷著這一切。確實是。湯瑪斯並沒有經歷過十一月十八日。

或許過了十五分鐘，或許是半小時以後，我發現了那些書。那一小疊書變少了。十一月十八日買的書，全都消失了。房間桌上的那些書，是我在十七日買的：《蜘蛛地圖集》、《動物解剖學》和《大自然鳥類的音樂》。但是《飲用水歷史》和《天體》卻已經不在那疊書裡。

半小時後，我來到了購買這些書的那兩間古籍書店。其中一間書店還沒開門，然而幾分鐘後，我打開另一間書店的門走進去時，馬上就在櫃檯後面的某個書架看到了書商在前一天取得的桑頓的《天體》。我曾經多次在拍賣會及雷納爾街這間書店見到的那位書商，顯然並不記得我昨天來過這裡，也不記得她已經把書賣給了我。我再次買下這本書，為我的匆忙致歉，然後回到另一間此刻已開門的書店，我問店長是否有湯瑪斯向他預訂的那本《飲用水歷史》。他馬上把書找出來，並問起前一天才通過電話的湯瑪斯。昨天，他這樣表示。接著他向我展示另外三本書，而這些書我早就在前一天來這裡時看過且買下，也已經請他郵寄到克萊龍去了。這一次，我並沒有買下這三本書，我只是付了《飲用水歷史》的錢，然後把書放進裝有桑頓《天體》的包包裡，朝飯店的方向往回走。

路上，我又去了菲力普的店，他的助理——現在我知道了，她就是瑪麗——她說菲力普才出去，會在午後回來。她完全沒有顯露任何我們已經認識的跡象，我也不想堅持我們已經見過面。

我在櫃檯看見菲力普前一晚給我看過的一枚古羅馬塞斯特斯硬幣*。它放在一個透明盒子裡，旁邊還有另外兩枚硬幣。那是一枚銅幣，正面刻有安東尼努斯·皮烏斯的肖像，背面是安農娜女神的精細浮雕。她一手捧著兩根稻穗，另一手拿著量穀容器。瑪麗向我展示放大鏡下的細節，向我說明那個量穀器——她稱之為「莫迪烏斯」（modius）——證實了我們看到的是女神安農娜。她是穀物供應女神，對於皇帝能在羅馬維持權勢至關重要。她這樣表示：如其他的皇帝般，安東尼努斯・皮烏斯需要進口大量的穀物以避免動亂，因此安農娜是非常重要的女神。接著她有點遲疑地補充說，這些我應該都知道了。我點頭，有那麼一瞬間，我感覺到了一種熟悉感，一絲認同感，或許。不過，我想我錯了。這應該只是我所希望的。

我把硬幣買下，請她以禮物的包裝包裹好。瑪麗把硬幣放入一個灰藍色的小盒子，再包上包裝紙。同時，我在店裡閒逛。店裡前端的那張大書桌——我們前一晚就是坐在那裡，而此刻，瑪麗正在包裝我的塞斯特斯。書桌後的牆上有著一整排抽屜和櫃子，裡面都是硬幣，而在旁邊一個小廳裡，菲力普在靠牆的玻璃櫃裡展示著大量精選的硬幣。我朝那裡走去，為了避免引起注意，我向左走，沿著

＊編注：一種於羅馬共和國時期以白銀鑄造的小型硬幣，僅在極少數情況下發行；到了羅馬帝國時期改以黃銅鑄造，直徑亦相對較大。

牆邊的展示櫃慢慢移動。櫃子裡面的硬幣是按照年代順序排列。第一個櫃子裡是一批精選的前羅馬時期硬幣，主要是希臘硬幣，也有少量印度和中國的硬幣，菲力普有意擴充這些收藏，然而目前收藏依舊限於羅馬帝國邊緣區域。在一個可以望向街道的長形窗戶下，有一個放置目錄和書本的矮書櫃，靠著另外兩面牆的櫃子內，則是按照不同時期及貨幣改革發展排列的羅馬時期錢幣。我走到擺設羅馬帝國硬幣的櫃子前，欣賞菲力普整齊且一目瞭然的排列。他的排列方式使得那一排羅馬帝皇看來如同一個簡單年表，一字排開的臉孔，將歷史連結了起來。沿著櫃子的路線，是熟悉的，我以前曾走過幾次。羅馬帝皇和皇后，他們的神和女神們，以及那些小小的象徵和物品，向我們展示了身分，讓我感到安全，也給了我一些時間，來思考自身狀況。

最後一個櫃子展示的是來自西羅馬帝國瓦解時期的硬幣，以及一小部分東羅馬的硬幣，旁邊是通往店鋪內部的門，門是敞開的。牆的一邊是廚房的流理臺，冰箱和洗手槽，另一邊則是一排櫥櫃。櫥櫃的盡頭有幾個箱子，而箱子後面——就在前一天晚上，暖爐就是放在那裡。

我等了一會兒，趁瑪麗接起電話的當下，快速走進店的後端，果不其然：就在店鋪後端，一個藍色的瓦斯桶和一個暖爐被塞在角落，上面覆蓋著一層灰塵，彷彿久未被觸碰過。

我手上的疤還有些微疼痛，但是我已經漸漸習慣那種疼痛了，只有不小心碰撞或者忽然做出什麼手勢，我才會想到那個傷口。只要不亂動那隻手，那股疼痛便只是我的神經系統裡一陣輕微的背景噪音，沒有什麼特別，只是輕傷，一個來自去年冬天後便未曾再使用過且被灰塵覆蓋的暖爐，燙傷的傷疤。

我匆匆回到瑪麗那裡，付了塞斯特斯的錢，走出店鋪。硬幣是給湯瑪斯的禮物。我尚未決定是否馬上回到他身邊，或是繼續等待。根據原本的計畫，我此刻應該在前往十八號圖書館的路上，然而先決條件是——經過一個晚上，今天應該是十一月十九日。然而這並未發生，所以我決定去藥房，買了一盒ＯＫ繃和一條消毒藥膏。

回到飯店，我從藥房買的盒子裡找出一個長形的ＯＫ繃，貼在燙傷的疤痕上，傷口已經微微紅腫起來。然後我打了電話給湯瑪斯。我告訴他，除了我以外，無人察覺到的這樣一種時間的破裂，同時向他承認，我在較早前之所以打電話給他，就是出於這個原因。我不想引起他的不安，然而，此時除了讓他加入這個困境之外，別無他法。在接下來的幾分鐘內，我重新向他述說了十一月十八日所發生的一切，鉅細靡遺地，而這些細節此刻在我的記憶裡也不再清晰了。我告訴他，我去了古籍書店、那些我再次買下的書、我拜訪瑪麗的事，以及店鋪後廳那臺塵封的暖氣爐。我沒有提起買給他的塞斯特斯一事，但是我的第一個及第二個十一月十八日所發生的大部分的事情，我想我全部都告訴他了，湯瑪斯聆聽著，幾乎沒有任何評論和疑問。

有關那一次的對話，此時此刻，在我的記憶裡，最清晰的是，當我還原我們前一晚的對話時，我們之間忽然出現了一種不平衡的感覺。湯瑪斯開始發問，聲音裡透露著恐慌。他明白，他曾經參與我的十一月十八日，他在那天和我說過話，同時也告訴了我那一天的種種。所以我也能告訴他，他那一天做了什麼，我可以告訴他當天的天氣及會發生的事情，但這一切他自己一點記憶也沒有。

他相信我說的是事實。他曾經和我說過話，卻遺忘了這件事，這一點讓他感到驚恐。我經歷了正常流動的時間的崩壞，這是一回事，然而他參與了我的一天、與我對話，度過了一天，他卻都不記得，這顯然也讓他感到暈眩不安，就如我目睹那一片麵包滑落到地上時的感覺。在那個堅實的地面消失了的怪異的瞬間，彷彿忽然間世界上所有的可預測性都被取消，彷彿存在的警戒狀態忽然被啟動；這是一種靜態的恐慌，不會讓你想逃亡或大聲求救，也不需要救護車或者緊急救援。這種戒備狀態彷彿就在潛意識最深處，宛如一種不屬於日常的基調，卻在你發現世界不可控的那一刻，緊急啟動；你明白了一切都可在瞬間改變，那些不可能發生的事、那些我們絕對想像不到的事，依舊有發生的可能。時間會停止。地心引力會消失。世界的邏輯和自然法則會崩潰。而我們不得不承認我們對世界穩定性的期待建立在不確定的基礎上。而這一切都沒有保障，在我們日常生活以為安全不變的一切背後，存在著不尋常的例外情況、突如其來的斷裂，以及不可預測的違反法律的破口。現在想起來，人們居然可以為不可能發生的事感到如此困擾，確實有點奇怪。尤其，當我們知道，所有的存在都建立在奇特的現象和不尋常的巧合之上。就是因為一連串的奇特現象，我們才會出現。在這個我們稱之為「我們的星球」的地方，有人類的存在。我們可以在浩瀚宇宙裡一個旋轉的球體上走動，這個宇宙充滿了許多難以理解的巨大物體，而這些物體由極微小的元素組成，我們根本無法想像這些元素多麼微小，又有多少。這些無限的微小物體可以在這深不可測的浩瀚宇宙保持自身的穩定。我們能夠持續漂浮。我們居然存在。我們每個人可以成為無數可能性中的一個獨特存在。不可思議的事件一直伴隨著我們。這一切早已發生：我們四處移動，我們從一場驚人的偶發事件中誕生，這便是件不尋常的事。按理說，這些知識應該讓我們至少有一點能力去面對不尋常的事。然而，很明顯的，一切正好相反。我們已經習慣了如此存在且不會在每個早晨暈頭轉向；與其抱著永恆的好奇心小心翼翼踟躕而行，寧願恍如一切都沒有發生似的把奇異現象視為理所當然，於是，當我們的存在出現不尋常、無可預測、奇特的現象時，我們便會感到暈頭轉向。

當我坐在飯店的房間裡，依舊為自己一再經歷一片麵包的滑落而感到茫然時，我可以聽見，湯瑪斯的緊急戒備機制啟動了。我可以從他的聲音裡聽得出來。明白了事情的始末後，他產生了沉默的恐慌，遲疑地嘗試尋找一個合理的解釋。那不是電話訊號的問題。那是堅實的地面從他的腳下消失、是他的緊戒狀態被啟動、急救箱被打開了。一個任何事都可以改變的世界的入口被打開了。一個崩壞的時間；一個重複的日子；一段從記憶裡消失的經歷；一抹你知道已經被擦去，卻又重新出現的灰塵。

通常，事情都會回到正軌：這是一個錯誤。這個奇異的現象會被給予一個自然的解釋，你看錯了或記錯了，你把事情混淆在一起了，你記錯日子了，遺失的東西會再次出現，無法理解的事情還是可以合理化，那是幻覺或是遺忘，那是夢境或誤會，世界恢復了秩序，暈眩消失了，你終於可以鬆口氣了。

然而，這一次並非如此。我連續兩天看見一片麵包滑落，這沒有什麼好誤解的。我看見瑪麗抹去了暖氣爐上的灰塵，而此刻那個暖氣爐還在菲力普．莫雷爾店鋪的後廳，依舊灰塵滿布。湯瑪斯和我說過話。他對我講述了他的一天。我記得他的十一月十八日，他自己卻不記得，然而我們都知道，我說的是事實。我沒有弄錯什麼。沒有混淆或困惑。我確定自己的狀況，而湯瑪斯沒有任何懷疑的理由。

湯瑪斯說，他想要仔細觀察這一天。我依然可以聽見他聲音裡的不安。他急於結束通話。他想要出去散步，並且很快會回電給我。當他在約半小時後回電給我時，他已經上過網，翻閱了幾份報紙，去了幾間銀行和一家文具店，此刻他坐在克萊龍市中心的一間小樓咖啡館。天空飄著細雨，時間剛過下午兩點，而他剛剛聽見了咖啡館旁的教堂塔樓傳來的鐘聲，他非常確定，這一天是十一月十八日。

他無法做出任何解釋，但是這一天的事實很簡單：我連續兩天醒在同樣的十一月十八日這一天，而我周遭所發生的一切，已經在前一天發生過了——是我記憶裡已存在的那天的副本。反之，湯瑪斯並沒有任何重複之感，沒有任何的蛛絲馬跡讓他覺得早已經歷了同樣的一天。他只記得我們在十七日的對話，對他而言，他很難不把十七日稱為「昨天」。

我們花了一些時間討論，做出不同的解釋：幻覺和記憶轉移，誤解和曲解，時間循環和平行宇宙，然而我們找不到合理的解釋。我們都覺得進入一個未知維度的通道是不可能的，而最顯而易見的解釋自然就是：這一切都是我的想像，幻覺，過於生動的想像力，是一場夢境。但是我的十一月十八日是一個夢、虛構的事實、幻覺，這些都沒有說服力：你不會因為虛構一件事而導致燙傷，你不可能夢見一整個早上的報紙，而你也不會在巴黎一間三星飯店的早餐時間重複經歷同一場幻覺。我們非常困惑。我們只能確定一件事，就是我經歷了在二十四小時之後再度回到原點的世界，一個移動了一天一夜，可以精準重現前日的世界。

要找到應對的方法並不簡單。我們交換了幾種解決方案：我可以留在這裡，看看這一天接下來還會發生什麼事，抑或，我可以馬上回家，回到湯瑪斯身邊，他是唯一一個也被這崩壞的時間影響的人，也應該是唯一一個我可以分享這個奇異現象而不會懷疑或者把我當成瘋子、怪人或滿口謊言的人。當然，湯瑪斯也可以來巴黎，我們可以一起調查這件事，或者一起等待這一天恢復正常；然而他並不認為這能解決問題，我們的討論進展到最後，結論是：唯一的解決辦法是，我必須回家。我們能做的不多。我必須回去。

我們互相向對方保證，我們很快就會見面，然後結束了通話。我平靜地把東西打包。我把書收拾好，小心翼翼地包起來，放進包包裡，穿上外套，往車站走去，並在半小時後抵達。我等了大約一小時，坐上了前往里爾站的火車，然後再轉車前往克萊龍蘇布爾。

當我在克萊龍車站下車時，天已經黑了。我嘗試叫計程車，但是手機卻沒有訊號，於是我決定步行約兩公里的路程回家。在火車上的時候，雨已經開始下了，風有點大，我一手撐起雨傘，另一側肩膀上揹著我的包包，走入雨中。時間大約是傍晚七點，路上有水窪，天色已暗，天氣又冷，雨停歇片刻又繼續下了起來。此刻，每走一步都讓我感到手上的傷口傳來灼熱的疼痛，但在火車上時我幾乎沒有察覺到它的存在。我可以感覺到ＯＫ繃在雨中鬆脫，時不時停下腳步，嘗試把ＯＫ繃再次固定在傷口上，或把包包移到另一個肩膀上或是換另一隻手撐傘，但是都沒有差別，疼痛去了又來。

奇怪的是，從車站走回家的路上，有一種安撫的作用。彷彿這種情況適合步行，而寒冷的不適和燙傷的疼痛與我內心的不安一致。那不僅僅是「哪裡出了問題」的體驗；那不僅僅是寒冷、惶恐與不安。那也是一種「前方就會有解決方案」的感覺，是一種認知：只要我走過寒冷和這一切潮濕，只要我可以忍受手上的疼痛，只要我牢牢握住雨傘、肩負沉重的包包往前移動，只要我繼續一步步冒雨走下去，我便能抵達一棟房子，走進溫暖的客廳，回到在裡面等待著我的湯瑪斯身邊。我獨自被困在雨絲和寒意裡，手上帶著燙傷的傷口，肩膀上背負著塞滿書的包包，但這一切都不令人絕望，只要在我步行的盡頭有可以遮雨之處，有著乾衣服及等候著我的湯瑪斯，一切就會有解決的辦法。我必須要經歷的，只有這一趟雨中的徒步。

當我抵達時，一切就如預期。屋前的街燈在潮濕的屋牆投下前院灌木叢熟悉的影子。菜園隱蔽在半暗處，街上可以看見花園棚屋漆了白漆的門。屋前的地磚一如往常，準確地將我引領至大門前。那是十一月，下著雨，我去了一趟波爾多，接著去了巴黎，我拜訪了菲力普・莫雷爾，我收購了一些書，並按照計畫在兩天後回家。唯一不尋常的是，我沒有和娜歐蜜・沙爾特見面，而十一月十九日沒有來臨。一個小小的變數，數列的某個錯誤，一個時間的破口，一個我無法立刻糾正的缺陷，一個我還無法理解其嚴重程度以致無法將之定義為小事一樁抑或災難的問題，但是它存在著，而當我走在屋前地磚上的這一刻，這成了一個可以等待的細節。

從我那天在雨中徒步回來後，過去的這幾天，這時間的小缺陷已經變得越來越大：一個無法再繼續忽視的日期的錯誤。回想起來，我依舊可以感受到那個晚上從車站走回家的心情。在那個短短的瞬間，我可以把時間的破口當作是一個小小細節，一個可以解決的問題，在寒冷和雨中的徒步很快就會停止，然而，下一刻，我便明白這不是一個可以輕易忽略的細節。這個錯誤沒有消失，它更嚴重了，而我不知道如何能讓它消失無蹤。

當我在路燈的燈光下出現時，湯瑪斯從廚房的窗口對我招手。我們對視了一秒，湯瑪斯先是打了一聲招呼，但是話語停頓在空氣中，隨即轉身迅速走到大門。我們在門口見面了。我抖了抖雨傘上的雨水，湯瑪斯迅速把我拉進去避雨，走入屋裡，走入溫暖，把我從雨傘、包包及外套裡解放出來，於是我們站在那裡，彼此之間相隔著僅僅一天的時間，彷彿我只是出門旅行了一趟，但這不是一個普通的旅行，發生了一些事情，我們可以感覺到有些什麼不一樣了，我們的重逢隱約帶著一種不安，儘管如此，我還是感覺自己來到了安全的地方，彷彿我躲開了一場意外，飯店失火、交通意外、火車意外，我都倖免了。我避開了危險，回到家裡。我可以感到身體的鬆懈，肩膀的痠痛消失了，手上的疼痛也褪去了，而我可以感覺到湯瑪斯的襯衫被我帶進屋裡的雨水沾濕了。

我走入玄關，脫下靴子，湯瑪斯到樓上的臥室找了一件溫暖的毛衣給我。我把淋濕的包包帶進客廳，把書從包包裡拿出來，放在客廳的桌子上，幸好都沒有被雨淋壞。我換好從包包底部找到的乾衣服，再把湯瑪斯給我的毛衣套在洋裝上，然後在客廳窗邊兩張扶手椅的其中一張坐下。湯瑪斯泡了茶，將兩杯茶端進客廳，坐在另一張椅子上。於是我們坐在那裡，在扶手椅上，我們之間隔著一張矮桌，因能夠在一起而鬆了口氣；我們聊著天氣、書，聊著關於菲力普和瑪麗，關於瓦斯暖氣爐的意外事件，關於燙傷——我把ＯＫ繃撕開，讓他查看傷口，此時傷口已經紅腫起泡，但是現在倒不特別痛了，尤其在我安心地坐在溫暖空間的此刻。

我們保持對話平衡。我小心地避免使用在理解上出現分歧的字眼，例如「昨天」或「前天」。我說「今天」以及「十一月十七日」和「我拜訪了菲力普的那個傍晚」，如此才得以避開誤解，討論我的旅程。

我把那枚羅馬時期的塞斯特斯交給湯瑪斯。我告訴他，那是我去店裡檢查那個沒有被使用的瓦斯暖爐的上午買的。事實上，湯瑪斯並不是一個收藏者，他對硬幣的價值或稀有程度並不特別感興趣。幾年下來，他依舊累積了非凡的小型收藏。他的收藏品毫無系統可言。他把這些收藏品都放在一個厚紙箱裡。這些收藏品不僅僅是硬幣，還有一大部分是郵票，一些小型銅版畫和幾本袖珍插畫書。

這些收藏品——如果能這樣定義——是湯瑪斯在我們相遇前少數還保留的東西，當然，還有我們相遇幾年以後，他從祖父那裡繼承的這棟房子，而花園仍然是湯瑪斯小時候玩耍的那座花園。我們繼承了一屋子湯瑪斯童年時便熟悉的物品：兩張扶手椅、客廳地上鋪著的那張黑白花紋的地毯、我們之間那張矮桌上的杯子、樓上辦公室裡的書桌、屋外的工具、客廳的書架和依舊可以使用的舊音響。我們的其他家具是從我位於布魯塞爾的公寓裡搬過來的。湯瑪斯在我們相遇不久後，便搬進了我的公寓。他帶著幾箱裝著古籍的箱子（這也是T. & T. 謝爾德公司的雛形），以及他那一箱收藏品搬進來。我覺得，那枚羅馬時期的塞斯特斯應該就是屬於這小型收藏品的一部分。

大半個晚上，我們都坐在客廳裡。我回來了。我們又在一起了。我們坐在這裡，就在這個晚上，在客廳裡，兩個茶杯，世界幾乎又恢復正常。然而，我們依然無法避免因時間的改變而帶給我們的不安。一整個晚上，我們以不同的途徑探討這個話題，卻無法找到任何解釋或解決方案。湯瑪斯認為，問題或許會消失。他希望能安撫我，又或者是他希望能安撫自己。在某個時刻，他不經意地說，時間終究還是會回到那永恆向前推進的流動性的。人們總是必須在生命中經歷一些物換星移；氾濫的河水、交通意外、扭傷的腳踝、寒冬或者乾旱，然而，到頭來，他說，此刻，我們仍舊坐在這裡，彷彿什麼事都不曾發生。沒有人死去，也沒有人受傷。

我感到惶恐。安全起見，深夜上床睡覺時，我把從巴黎帶回來的書本也帶到樓上的臥室裡去。我把書放在床尾，然後鑽進被窩。我們緊緊貼著彼此，但是並未如往常般討論隔天的計畫。我們覺得，如果假裝這一切都不曾發生過，或許一切回歸正常時間軸的機率就會增加。

不久後，我可以感覺到湯瑪斯已經睡著了。我可以聽見他的呼吸聲，感覺到他臉孔的輪廓，我想我還看見他短暫地睜開了一下眼睛。我已經無法確定在黑暗中看見什麼，但是我此刻能記得的是他那非常短暫的眼神，我只能形容那眼神裡帶著一絲責備，彷彿錯的不是時間，而是我，讓他的世界失去平衡，讓他失望。

他很快地又閉起雙眼，我不曉得他是否隨即進入了夢鄉，然而稍後我確定他已經睡著時，便放開了他的手臂，默默地把自己的身子挪到床角。

我依舊感到不安。我的腳可以踢到床尾的書，一個想法突如其來出現在腦海——在睡著前，我把《飲用水歷史》和《天體》這兩本書從床尾那疊書裡抽出來，放在枕頭底下，接著便睡著了。

隔天早上，我比湯瑪斯先醒來，一開始一切看起來都很正常。我感覺到被套在皮膚上的觸感，而湯瑪斯就在我身旁。我感覺到空氣裡的涼意，窗外微弱的光線。這樣持續了一段時間。或許幾分鐘，或許只有幾秒鐘，我感覺自己身處在一個極其一般的早晨，有種日常的熟悉感。早上了。我醒來了。湯瑪斯還在睡。

可是，我隨即想起，我並不是在一個普通的早晨從湯瑪斯身旁的床上醒來。

一開始只是不安，感覺哪裡不對勁，感覺我忘了什麼，有什麼被我忽略了，直到我摸到枕頭下的書，才明白不安的原因。十一月十八日的細節隨著這些書進入了我的早晨，就在那個瞬間，我記起自己去了一趟巴黎，我醒在另一個十一月十八日，而非預期中的十九日；我冒雨回家，和湯瑪斯說話，他現在正躺在床上，在我身旁，而我在入睡前把那兩本重新找到的書塞在枕頭底下。我用腳踢到了床尾另外三本書，我把這些書放在一起，小心翼翼地把書從床上拿起放在地板上。接著，我找到掛在椅背上的毛衣，將毛衣套在我的睡裙上，下樓走進廚房。

情況尚未明朗。這天可以是十八日，也可以是十九日。這天也可以是十一月二十日。我不知道，而我並不急著想知道。我準備早餐。我煮了蛋，烤了麵包，攪拌混合了兩碗穀物麥片，放在托盤上。廚房流理臺上的一個碗裡放著花園裡摘下的幾顆蘋果，我拿起其中一顆，把褐色的斑削掉，切成蘋果丁，鋪在穀物麥片上面。我拖延著時間，我泡了咖啡，猶豫了一下，又泡了一壺茶。我把杯盤、刀子和湯匙拿出來。我找到了奶油、起司、果醬、蜂蜜、牛奶，一一擺好放在托盤上，托盤上已經堆得滿滿的。我把托盤端上樓，放在樓梯平臺，再次下樓把咖啡壺和茶壺端上樓，放在樓梯平臺，然後再次端起托盤走進臥室。

當我走進臥室時，湯瑪斯已經醒了。他的驚訝顯而易見，對他而言，這天是十一月十八日，不是第二個或第三個，而是他的第一個十一月十八日。前一天是十一月十七日。隔天將會是十九日，是我從旅途返家的那一天。見到我已經回家，端著塞得滿滿的托盤站在臥室裡，他感到意外。

我把托盤放在床上，從樓梯平臺再端來了咖啡和茶，放在床頭櫃上，然後坐在湯瑪斯的床邊。我告訴了他所有巴黎逗留期間發生的事，關於我的返家，以及我們共度的夜晚。他查看了手機的日期和時間，除了確定是十一月十八日早上九點七分以外，什麼都查不到。他可以看見我們在十一月十七日的通話紀錄。關於十一月十八日的通話紀錄無跡可尋，他也全無記憶。他的記憶裡沒有通話紀錄、沒有我回家的痕跡、沒有淋濕的雨傘或外套。沒有我帶回家的書或小心翼翼的對話或安撫的話語。當我告訴他，我冒雨從車站走回家，而他從廚房的窗口看到我並對我招手，隨即走出屋外時，我看到了他眼神裡的不安。我模仿著他對我揮手的動作，告訴他，我們在門邊重逢的情形，一切看起來幾乎是正常的——然後我立即強調，現在我已經回家了，我們坐在床上，托盤上有早餐，我們在一起，沒有人死亡或受傷。我鋪在穀物麥片上的蘋果丁開始發黃，溫熱的飲品熱氣散發在早晨的空氣中，僅此而已。我們在一起，我們可以一起吃早餐，我們可以互相陪伴。

吃早餐時，我們小心翼翼地思考著究竟發生了什麼事。湯瑪斯猶豫著。他覺得我們應該靜觀其變。我想，他需要時間接受這件事。又或許他希望我對這兩個已經發生的十一月十八日的記憶忽然消失，或者有另一個更合理的說法能解釋我歸來這件事。然而，我已經知道這一天會發生什麼事。這是相同的一天，而且已經是第三個相同的一天。

早餐後，湯瑪斯檢查了辦公室電腦顯示的日期，他讀新聞，看氣象預報、即時警報，然而一切都指向一個正常的十一月十八日。稍後他建議我們去散步、採購，或許可以到河邊走走。我認為我們應該等到下午雨停以後再出去——湯瑪斯告訴我會放晴的，儘管天氣看上去一如氣象預報那樣陰雨。下午三點一刻，雨果然停了，烏雲散去，陽光露臉。我們穿上保暖的衣物，帶上雨傘，沿著習慣的路徑穿越樹林，走到河邊。我們走到廢棄的磨坊，沿著河繼續往下走，儘管十一月下了不少大雨，河床依舊沒有氾濫。我們繼續穿越樹林，走到鎮裡，到超市採購了才回家。

我把在波多爾買的五本書全都放進購物時慣用的背包裡。那是一種直覺上的安全做法，我無法向湯瑪斯說明。我有一種預感，如果沒有把這些書帶在身邊，它們會消失，因此當湯瑪斯主動說要幫我揹包包時，我馬上拒絕了他。從鎮裡回家的路上，我忍不住透過玻璃門查看銀行牆上的掛曆，路上見到提款機也忍不住停下，檢查提款機上的日期。在帕雷萊街的郵局裡，我同樣去檢查郵票自動販賣機的顯示螢幕，彷彿想從各種跡象裡找到一個裂縫，證實這天的一再重複。毫無疑問地，這是第三個十一月十八日。

雲層再次攏聚，偶爾露出一片蔚藍的淺灰色天空，現在成了深灰色。回家的路上，下了點雨，但是我們在大雨之前及時回到家。稍後，天色完全暗下來，大雨傾盆而下，我們看見鄰居沿著花園盡頭的柵欄匆匆而過，他在轉角處小步跑回家，打開庭院的門，消失在屋裡。我從背包裡拿出書，放在客廳的桌上，雨稍停的時候，湯瑪斯從棚屋取來柴火，點起了壁爐。

我們在客廳的地上做愛。我們總是需要時間在一起。我們不是那種必須經由分開、彼此思念、再重新發現，甚至遠行後在愛情的意外碰撞中重逢的戀人。將我們連結在一起的並非距離、道別與重逢。我們的相處方式，長期以來都是朝夕相處，日復一日夜復一夜地一再循環。那是我們之間的一種聯繫，一種因整整一天的推移而加劇的激情，我們總是在經過漫長的一天後開始互相為對方寬衣解帶。此刻，我們躺在地上，躺在那黑白相間花紋的地毯上，而屋外依舊飄著雨。

我們的愛情一直都是極其細微的。它存在於細胞深處，是一些分子、一些不受我們掌控的連結，在我們周圍的空氣中交織相融；是我們在對話時，在原子層面上，或者在甚至更小的粒子層面上，進入特殊和諧狀態的聲波。我們之間沒有深淵或距離。那是另一種東西，一種細胞中的暈眩，某種形式的電和磁，又或是某種化學物質，我不知道究竟是什麼。那是從我們之間產生的一種感覺，當我們陪伴彼此，這種感覺就會增強。或許我們是一個具有凝結和蒸發功能的天氣系統：我們在一起，我們看見彼此、互相觸摸，我們凝結，我們相遇，我們做愛，我們入睡，我們醒來並重新進入彼此奇怪的連結方式；一個沒有自然災難、不張揚的天氣系統。又或者——一個直到十一月十八日以前，都沒有自然災難的天氣系統。

晚上，我把書本帶到樓上，放在床尾。我遲疑了一下，改變主意，再次把《飲用水歷史》和《天體》安全地放在枕頭下。它們在伴隨我們一天以後並無損壞，但是我並沒有想要進行實驗的欲望。我已經在較早時發現，那枚羅馬時期的塞斯特斯已經消失了，但是我還沒告訴湯瑪斯，或許我希望它會出現。我在幾個最明顯之處尋找它——我的包包、客廳的桌子、辦公室的書桌，然而卻一無所獲。

我告訴湯瑪斯那枚塞斯特斯的事。他當然不記得我們前一晚把它放在哪裡，但是現在我們只能在所有可能會放置羅馬硬幣的地方尋找。首先，湯瑪斯查看了辦公室的收藏品，想確認是否把硬幣收在那裡，但是並不在那裡。它也沒有被放入抽屜、遺忘在某個書架的角落，抑或被遺棄在臥室的窗臺上。

我在當時——現在也一樣——相信它必定以同樣的方式回到了菲力普．莫雷爾的店裡，就如這幾本書在第一個晚上回到了它們原本的書架上。我曾經想過重回巴黎，只為了得到一個答案，然而，此刻，我留在原地。我不打算去巴黎，我也不會走進湯瑪斯身處的客廳，而他在幾分鐘前走到了樓上的辦公室，拿了一本筆記本，隨即下樓重新回到客廳，他將在筆記本寫下關於正在閱讀的那本書的一些看法。已經入夜了。又一個十一月十八日即將要結束。今天一整天，我幾乎都坐在靠窗的這個位置，在這間把燈光投射在潮濕花園裡的房間，我哪裡都不想去。

我們當然沒有找到塞斯特斯。當我第二次去檢查臥室裡櫃子的抽屜時，湯瑪斯坐在床上嘗試了解十一月十八日的機制，但是也不明白這一天的邏輯。有些東西消失了，但是卻非全部。我的包包和衣服都沒有消失，在十一月十七日購買的書也沒有消失，即使我在十八日購買的那兩本書，一開始從我在麗森飯店的房間裡消失了，而我必須重新把它們買下，此刻卻留在我們這裡。它們晚上被放在我的枕頭下，一整天都在我們的視線中，它們還在這裡。反之，塞斯特斯卻消失無蹤。

稍後，我對時間的不規則性進行分析，同時一一列出當天的細節，就在這個過程中，我抬頭望望湯瑪斯，忽然間，他似乎開始對這種狀況感到好笑，彷彿在經過了一整天後開始習慣並接受了這個概念，開始把時間這個怪異的破口視為一個進入我們生活裡的笑話。當我鑽入被窩，躺在他身邊時，他早上的不安已經消失了，取而代之的是一種忽然的歡樂；在我們入睡前——安全起見，他這樣說——他首先對著我枕頭下的書、然後是床角的書，說了一番話，請它們再逗留一會兒，接著，他緊緊靠著我，躺在床上，抱著我，請我也留到隔天，無論最終變成哪一天，最好我也繼續待到隔天的隔天——或者，更好的是，我能一直待到永遠。過了一會兒，他便睡著了，我在幾分鐘後也入睡了。

就是對於那些時刻的回想，讓我偶爾站起身來，往通往玄關的門走去。但是我沒有開門，因為在同樣的瞬間，我想起，首先我必須解釋自己的存在，而此時此刻，我有一百二十二天需要解釋，同時，我也會再次看見湯瑪斯眼裡的不安，並且得迅速補充說，既沒有人死亡也沒有人受傷，這僅僅是時間的崩壞，於是我還是停步了，我留在房間裡。無論如何，這個荒謬的狀況會需要經過一整夜的時間，才會開始為我們帶來一點樂趣。歡樂似乎埋藏在最底層，彷彿必須先穿透層層不安和疑惑，經過疑問和百思不解，才會從表面滲透出來。或許，就像是被困在多年凍土裡的氣泡，需要時間才能解凍。

我已經開始習慣這個想法了。我被困在十一月的其中一天，但是我在家裡，而湯瑪斯坐在客廳裡，專注於喬絲琳．米隆《清晰的調查》的第四章。我不覺得他會在這個時間點想起我，但是如果他有，他會認為我在麗森飯店，或者在菲力普．莫雷爾的店裡。他並不預期我會打電話給他，我應該會在明天的早晨，或者稍晚時拜訪過十八號圖書館的娜歐蜜．沙爾特後，坐在回到克萊龍的火車上時，才會打電話給他。我預計湯瑪斯還會再閱讀一段時間，偶爾，他會把書放下，在筆記本寫幾行字，然後把筆記本的那頁撕下來夾在書中第四章那一頁裡。我預計他隨後便會熄了客廳裡的燈，檢查看看門有沒有上鎖，先是前門，接著是後門，再關了玄關的燈，走到樓上的臥室躺下。我想像自己很快地也會熄了房間裡的燈，躺下睡覺，並且醒在明天，第一百二十三個十一月十八日。

#123

隔天早上——我的第四個十一月十八日——是湯瑪斯先醒過來。我可以感覺到他將手放在我的肩膀上，我能聽出他聲音裡的喜悅，當他問我是何時回來、如何回來，以及我前一晚明明還在巴黎的飯店裡和他通電話，怎麼現在已經在家時，他的聲音裡也有著一絲困惑。我從床上坐起來，數秒鐘以後，我便想起發生了什麼事。他重複著他的問題，有那麼一秒鐘，我以為他說的是我們在我拜訪過菲力普．莫雷爾之後的對話，以為他忽然間記起了他的第一個十一月十八日，然而，並不是，他說的是十七日那一天的事。他記得的是我從波多爾抵達巴黎的那天，我躺在飯店床上入睡前和他的對話。湯瑪斯再次醒在第一個十一月十八日，而在那天之後的一切事情都消失了。他在克萊龍蘇布爾多雨的那一天憑空消失了。我拜訪菲力普．莫雷爾之後和他的對話不見了。我在第二個十一月十八日的歸來被抹去了。我們第三個十一月十八日早晨在床上的早餐從他的記憶裡消失了，連同我們在那一整天裡的對話、在鎮上的漫步、在客廳地毯上的交歡、我們尋找那枚消失的塞斯特斯，以及他在床上對書本們的喊話，全都消失了。這天是第四個十一月十八日，而我已經知道，這一天同樣不會在他的記憶裡定格。

我再次告訴湯瑪斯發生了什麼事，我目睹他因我歸來產生的喜悅再次被不安取代。我再次嘗試回答他的問題，卻無法給他一個合理的解釋。

接下來的幾天，我醒在對日子的不確定裡，就如我回家隔天早上醒來時的感覺。有幾天是湯瑪斯把我叫醒的，他因發現我在他身邊沉睡而感到驚訝，但通常是我比他先醒來。我緩緩地醒來。一開始，僅僅是一種居家的氛圍，處於睡與醒之間的狀態，一種朦朧的意識。你醒在一種尚未成形的狀態，而在某些瞬間，你以為一切如常。就如在那些陌生房間裡的早晨，你以為你在自己的床上醒來，直到你發現門的位置不對、被單是陌生的，而這是另外一間房間。又或者，像童年的早晨，以日常的姿態降臨，卻忽然發現原來那天是聖誕節或者你的生日。又或者，正好相反：你伸伸懶腰，準備好要迎接一個平常的早晨，直到你發現在夜間消失的擔憂與不安依舊還在。

那些天是這樣開始的：無法確定的早晨。窗外透出灰色的光線。有鳥鳴聲、雨聲。貼在皮膚上的被單、微風吹過樹木的聲音、早晨輕柔的沙沙聲。我記得的是一個沒有景深的世界，不像在夢裡，更接近於某些意識被關閉了：你醒著，感知著周遭的世界，你是視覺，也是聽覺，是監聽站，但是只能捕捉到最靠近的東西，其他一切都在身後隱去並消失，彷彿這一天正在努力赤裸裸地降臨，自然而然地，不帶任何特色。這只是一個早晨，一個再簡單不過的早晨。

這一切只持續了很短的時間。我在早晨的薄霧裡滑翔，感受著周遭的房間，我可以感覺到湯瑪斯在移動，他還睡著或快要醒來，我伸出手，晨光、房間裡的家具、通往樓梯的門，然後，接二連三的細節浮現了，記憶啟動了，我記得發生的事情，時間崩壞了，但是日子過去了。五天，六天或七天，八天，十天或十二天，而我明白，我的早晨再次破損了，這一天正要展開再一次的十一月十八日。

我不知道究竟發生了什麼事。時間在夜裡被關閉了嗎？過去和未來在睡眠中消失，只在你醒來時才能將其召喚出來嗎？又或是文字被抹去了，於是事物只剩下輪廓。也許是言語關閉了，於是你在無語的狀態下醒來，又或者只剩下言語才能表達最重要的一切：早晨、此時、此地、清醒、光。或許你醒來，沒有話語。或許當你醒來時，只有最簡單的句子伸展開來。現在是早晨。我醒來了。

我無法參透，但每個早晨都會發生同樣的事。我在湯瑪斯身邊的床上醒來，窗簾透著灰色的光、被單、雨天帶來的微光和微風，早晨模糊的感覺，然後漸漸地，再次成為另一個十一月十八日。

我小心翼翼地把湯瑪斯喚醒，並且在記憶進入他的意識中以前，竭盡所能注視著他，他會記起我在巴黎，或者更確切地——我應該在巴黎，隨即開始感到疑惑。

我輕聲敘述所發生的一切。我感受著他的不安。如果我看著他，他的眼神會變得銳利，如果我望著另一個方向，靠近他低語，便可以把這尖銳稍微抹去。彷彿一切都沒有發生。或者，幾乎沒有。不過是時間有了一個缺口。然而我回來了，我們在一起，沒有人死亡，沒有人受傷，沒有悲劇、意外、災難，沒有救護車或喪禮。即便是我燙傷的傷口也開始慢慢癒合了。

湯瑪斯從未懷疑我的說法，也沒有懷疑的必要。我可以告訴他雨會在何時停止，又會在何時開始落下，我可以告訴他郵差會在十點四十一分冒著細雨過來，我可以描述山雀不久後會在蘋果樹上盤旋，我也可以預言我們的鄰居會在下午五點十四分冒著大雨沿著我們後花園的柵欄走來，右轉，走在我們的房子和他的房子之間的小徑上。從辦公室的窗口望出去，我們可以看見他打開庭院的門，走在地磚上，避開四片地磚接縫處積水而成的水窪，匆匆走到他的後門，他走在雨中時已從口袋裡找出了鑰匙並握在手裡，接著用那把鑰匙開了門。

那是一段奇怪的日子。我們早上起來，我們去散步，我們在十一月十八日的某個地方坐下喝咖啡。幾乎一整天的時間，我們都像剛墜入愛河或是近視度數非常深的人一般密切關注彼此。我們讓地平線消失了。我們追求這種暈眩感。我們之間的距離消失在霧裡。我們把這種暈眩感幻化成這天的一部分。一個充滿茫然和灰色混亂的明亮空間。

我不相信這是一種意志行為，但是，漸漸地，幾乎是在不知不覺中，我成功地延長了我在清晨那種客觀且未定義的感覺。我專注、並加強了那淺灰色的清醒過程，好讓自己可以在每個早上有能力讓這種感覺延長，伴隨我度過接下來的一天。僅僅在幾個早晨以後，我已經可以把這片刻的感受延長，讓我可以接納周圍的這個房間：被單，和躺在我身旁的湯瑪斯的身體、床後的牆、房間盡頭的櫥櫃，一張掛著衣服的椅子、晨光、煙囪閥門從風中傳來的一陣微微的聲響。那是屬於家的聲音，而這目前還是個日常般的早晨，包容而開放，我躺在床上，與此同時，世界一絲絲地滑進來，然後溶解；鳥兒發出短促的鳴叫聲，一隻勇敢面對灰色天氣的黑鶇，或是在雨歇間歌唱的知更鳥，一開始是三或四個音符，接著是六、七個音符，再然後是八個音符，接著消失在逐漸出現的霧氣裡。

這應該是一種模糊中無意識的訓練，一種展開一天的音調。我記得上午的安靜與溫柔的光線。我記得那伴隨著我們一天的霧。我們漫步穿越被霧籠罩的風景，只看見事物的輪廓。我們並不需要知道我們看見的那些生物屬於哪一個種類，我們在途中看見的是樹還是灌木叢，我們經過的是房子還是小型馬廄。

或許我們在水底。我們被移到海底，是一對在仔細查看周遭、指著魚兒或殘骸或廢墟的潛水員。我們用動作和手勢互相示意，我們篩選需要進一步研究的物品，把一些東西拿起又放下。我們的調查具有安靜的奇異特色，讓我們不想放手。

又或許，我們是被沖上岸的船難漂流者。茫然地，在不知名的海岸上，為了忽然被拯救而驚訝，並為自己的生還大感意外，可是當我們開始探索海岸時，並不知曉等待著我們的會是什麼。

現在回想起來，這些日子是快樂的。前所未有的快樂。我感受到自己的被愛。在客廳的沙發上、地上，我感覺到自己是被愛的。在床上，以及當我們傍晚坐在餐桌旁時，我感覺到被愛。這並沒有什麼不尋常。這和十一月十八日以前並沒有什麼不一樣，只是更強烈，我們並沒有什麼事需要去完成。時間並不會從我們身上流逝。這與我們初相識時一樣，只是更激烈，而或許——我現在這樣認為——或許還帶著安靜且絕望的基調，但是我們一開始並不這樣覺得。那是肌膚的觸電感，是交談時交織在一起的話語。我們之間存在著什麼，一種濃縮的狀態、一個被聯繫起來的關係網。我覺得自己被理解。我說的話語被聆聽，我聽見了對方說的那些話。

我們生活在兩個不同的時間裡，僅此而已。那是兩個超越了界限的時間。那是一個河水相遇與相匯的地方。是一種時間的美索不達米亞，在那裡，幼發拉底河和底格里斯河只不過是河流兩種不同的命名。我們在美索不達米亞過得很好。

我們找到了一種節奏。我們在早晨醒來。我解釋我的存在。湯瑪斯聆聽、擔憂，然後開始習慣了這個想法。我們在雨歇時出門，或者在午後到河邊散步。有時湯瑪斯會在晚間忽然看到這個情況的詼諧之處，我們開始幻想這樣無法維持其狀態的時間將會帶來的後果。我們聆聽風聲和玻璃窗上的雨聲，抑或把自己埋藏在黑暗裡。我們從老磨坊街上的圖書館，帶回有關平行宇宙和多重世界的書籍。我們閱讀有關時間口袋、時間循環和時間迷宮的故事。我們找到了有關時間旅行和時間順序位移的電影。我們為彼此朗讀，我們思考、幻想並等待這一切可以賦予時間意義。我們誤入了更加奇幻的解釋：是那一枚塞斯特斯，是愛情，還是燙傷的傷疤，打開了另一個時間？是自然的原因，還是有未知的力量牽涉其中？

我不知道你能否說是，我們在尋找一個解釋。我們繞了一圈。我們並不缺乏建議、想法或奇特的構思。我們在一層層的理論、觀察和解釋的迷霧中徘徊。這通常發生在傍晚或夜間，在湯瑪斯習慣了這樣的想法之後，當我們面對面坐在廚房的桌旁時，當我們躺在客廳的地上或床上時，在我們用過餐或做過愛之後。我們的調查一直不斷地變化，幾乎像一段舞蹈，引領著我們在屋裡轉圈，一首天真而帶點尷尬的知識圓舞曲，一段奇妙的華爾滋，一場歡快的探索芭蕾，一種在事實與觀察之間讓人氣喘吁吁的踢踏舞，一支探索的探戈，兩個舞者探索著空間，卻不去尋找出口或可以憩息的所在。

我們觀察事物。我們聽見樹枝敲在窗門的聲音，在晚風中搖晃的花盆的聲音，忽大忽小的雨聲，走在屋外路上的郵差、鄰居和孩子們。我們去購物並且發現隔天早上那些東西或許還在，或許不在，因為有時它們會在夜裡消失。不規則性存在，但是我們並沒有進一步調查。曾經有新買的一包麵包或餅乾，在經過一夜之後便消失不見，那明明是貨架上的最後一包，而我們隔天又從超市的架上找到。那些我們從圖書館借回來的書，經過一夜之後重新回到了書架。還有消失的衣服，一雙我來不及穿的褲襪——因為它在隔天早上便消失無蹤。日子有其重複與奇怪之處。我們觀察、感到疑惑，但是每次都不會持續太久，而我並不認為我們希望找到解釋。我們已經準備好接受任何稍微能以某種準確度解釋我們的狀況的理論，並且也準備好了在發現新的理論後將其放棄。

我們找到了規律，但是沒有進一步調查。我們發現當中的不規則性，為此感到疑惑然後遺忘。我以為這是我們共同的決定，但是，實際上，那是我的規律和我的疑惑，因為湯瑪斯隔天便會把我們所有的結論全部遺忘，而我們的一天又重頭開始。我們有些微小的發現和即時的解釋。我們沒有把這些知識蒐集起來，因為我們所找到的一切，我都顯得記憶模糊，在我們共同的遺忘中被遺忘。而當同樣的問題再次出現，也很容易再次記起。

通常，最終的結論是，你無法知道所有的一切，你必須接受生命中的一些轉變，你必須預算不規則性，而這正是我們面對的：規律和不規則性，兩個企圖要結合在一起的世界。

如此持續了幾個星期。又或者該說，這一天持續了相當於幾個星期的數目。六十三天，也許。六十四天。或者六十五天。我不確定。我並不完全記得事情何時開始朝另外一個方向發展。

我數著日子，然而每一天只是我放在廚房裡的一本小小筆記本裡的一個記號。一開始，這是我們的話題：日子的天數和筆記本裡劃下的線條，但是很快地便被收進了廚房一個小餐桌的抽屜裡。一天下來，每當我找到獨處的時間，便會打開抽屜，拿出筆記本，做一個記號，隨即再將其闔起放回抽屜裡。我們不再討論天數，我們不能讓這些日子成為我們之間的隔閡，而我把距離關在廚房的抽屜裡。

漸漸地，一切再次清晰。堅持變得愈加艱難。迷霧消散了。又或許是潛水員回到了水面上。漂流者理解了海岸。日子愈加清晰。不是最初的那幾秒鐘。我的早晨和之前一樣開始。我感受著周圍的房間，這一天逐漸展開，我仍然可以緊抓著朦朧且灰色的早晨，直到聽見幾陣鳥鳴，四五個音符，稍後剩下三個音符，或者兩個，過不了多久，我的瞬間就被打破，而我記起了一切，我的思緒已經開始探索房間，來到窗臺，進入早晨，去到樹上的鳥兒、房子和街道，在那裡，人們接二連三地走入十一月十八日，走入一個精細固定的模式裡，並且確信這是他們第一次進入這一天。

我的早晨有了更深遠清晰的視野。然而我並沒有要求視野。我想要的是灰色的晨光及在時間之外展開、不帶記憶也沒有計畫的一天，但是這已經不可能了。十一月裡，一隻鳥兒的數個音符，一個清晰的房間，一個無法阻擋的日子。空氣變得清澈，床單、房間及柔和的晨光原有的模糊感，變成了十一月十八日裡的具體物品，也是這一天的鮮明道具。躺在我身邊的湯瑪斯，不再是我在一個無定義的早晨裡沉睡的丈夫，而是我即將離去的丈夫，日復一日，我尚未失去的愛情，我即將迎向他訝異的目光，因為這並不是一個普通的早晨，我不再是那個半睡半醒、模糊的存在，安靜且快樂的塔拉，而是那個從崩壞的時間裡回來的塔拉，而現在又是向湯瑪斯解釋發生的事情的時候了。我會看見他眼裡的不安，而我得馬上對他說，他不必擔心，我此刻在這裡，我們在一起，沒有人死亡，也沒有人受傷。我在家裡，我沒有發生什麼事，我們活著，崩壞的，只是時間而已。

我失去了早晨的迷霧。這一天清清楚楚地登場，色彩鮮明，衣冠楚楚，有時就在我醒來的那一剎那間，它便出現了，有時我還可以擁有幾分鐘的時間，然而無論如何，我都無法延遲它的出現。這一天已經成了第六十八、六十九、七十、七十一個十一月十八日。

最後，那種清晰感讓我無法負荷。情況無法改善。我嘗試向湯瑪斯解釋究竟發生了什麼事，但是我的解釋聽起來模糊不足。我嘗試說，這件事並沒有構成任何傷亡。燙傷的傷口已經痊癒，如今只剩下一點泛紅。他不必感到不安。然而我的聲音裡開始出現了不安。我開始看得比較清楚了，我開始尋求解釋，我再也無法躲藏在迷霧裡。我覺得沒有安全感，我感到孤單。

於是我走進了這個房間。那是其中一個早晨，我醒來以後，瞬間就知道發生了什麼事。我醒在那個熟悉的房間，醒在同樣的灰色的光裡，那個安靜的早晨，屋外的鳥兒發出熟悉的秋季聲音，反覆迴盪的簡短旋律，然而，這一切在沒有睡眠的保護濾鏡下登場。那應該是第七十六個相同的日子，因為我用一支原子筆在筆記本裡做了當日的記號；這支原子筆是我在客房桌上找到的；這個面向花園、蘋果樹和一堆柴火的房間。

七十六天實在太長了。距離過於巨大。我在廚房裡握著那本筆記，理解我們之間相隔著太多日子。我尋找那支通常和這本筆記本一起放在抽屜的鉛筆，但是並不在那裡。我看著筆記本裡那一連串的線條，忽然間無法再去尋找另一支鉛筆、再添加一筆，然後把筆記本放入抽屜，叫醒湯瑪斯告訴他，我回來了，沒有傷亡，我們之間不過隔了僅僅幾天。我無法持續我們的重複循環。霧散了，眼前的景觀一清二楚，而我們並不是醒在相同的一天。

我把我的足跡蒐集起來。我把臥室裡的書和衣服收拾好，小心翼翼地走下樓。我幾乎毫無聲響地整理好了廚房，取出從我回家以來就一直放在包包裡的空水瓶，沖洗，然後緩慢地灌滿水。接著，我把書一一放進包包裡，從廚房拿出畫滿記號的筆記本，把包包揹在肩膀上。屋裡一片寂靜，我謹慎地走到玄關，拿起我的外套和靴子，打開通往客房的門，走進去，把身後的門關上。

我在床上躺了五天。我不知道發生了什麼事，但是我把一切想像成腦袋裡一種漫長而磨人的反覆詢問——那顆腦袋竭盡全力維持早晨的不明確、一種幸福的模糊狀態。我記得這一切，在我的意識裡，宛如沒有方向、不曾間斷、瘋狂且本能的理性，是意識對於細節和模式的瘋狂運轉、對技術數據的不斷審查、對事實的舉例、對事件的密集蒐集，以及我在每一個十一月十八日裡發生的所有事情的總結。

湯瑪斯和我可以做出的所有考慮，那些我們任之消失在霧裡的所有反思，此刻彷彿相互糾纏，讓我陷入了理性的譫妄。那些被我置放一旁的疑問，此刻自然而然地從我和湯瑪斯共度的日子開始蒐集訊息。

這些日子裡，我已經熟悉了屋外的一切，天氣與事件，我從記憶裡搜尋有關街上人們行動的訊息，我記得鳥兒們的行動、枝椏間的風聲、暫歇又傾盆而下的雨、風中搖晃的花盆在房子角落石板上發出的聲響。

現在，新的細節開始出現。我的記憶在努力運作，與此同時，我的大腦開始搜刮同一天裡的一系列聲音：一個人在屋裡走動的聲音、地板和樓梯上的腳步聲、抽屜被打開的聲音、袋子窸窸窣窣的聲音、手掌或衣袖擦過牆壁的聲音、水管裡的嗡嗡聲、門開了又關的聲音。那是一連串動作的蒐集，是這一天模式與細節的積累，這一切都被折疊進一個永無止境的提問當中；一種邏輯的磨練；一種冷靜的狂熱；一個自由運行的腦部活動——無需我參與的組織和推理活動，宛如無需人類參與的數據處理過程。大腦裡有個部分一直持續工作，就像是一種建築的過程，幾乎痛苦地把這一大打破，然後從破口檢索訊息，再把一切建構成一種模式，一個新的宇宙。

偶爾，一陣叫我難以負荷的強烈疲憊感會忽然來襲，直接把我送入深層的睡眠當中，爾後我再次醒來，顯然一覺無夢，並且沒有經過任何過渡階段，直接進入無止境的蒐集和處理訊息的階段。

我不知道發生了什麼事。我蒐集這一天。我重建這一天。或許我在為另一個時間做準備。或許這是神經系統的重新編程，意識工具的校準，腦細胞之間新突觸的形成，受體的產生，傳輸物資的生產，或許是時間感的重塑，大腦的擴建或者廢棄建築的拆除，我知道什麼呢？我知道，我感覺自己像是一個建築工地，蟻窩，蜂巢，一個忙碌的實驗室。我知道，我偶爾進食、喝水，儘管量少，但是我找到了幾包餅乾和幾罐湯瑪斯的祖父留下的蜜餞杏子。我應該是在夜裡或湯瑪斯外出的時候，從廚房的櫥櫃裡拿過來的，我不記得了，但是我記得我有時會走進廚房把塑膠水瓶灌滿水。我也記得我偶爾會從窗子爬出去，然後在花園棚屋的後面撒尿，而我也隱約有點印象，當湯瑪斯不在的時候，我會在屋裡四處走動，但是這段記憶很模糊，因此我無法確定。我對這些天最清楚的記憶，是那喋喋不休的聲音，彷彿我打從第一個十一月十八日開始所經歷的這些日子，此刻已經被濃縮了，所有的訊息彷彿連接在一起，一併存放在我的記憶裡。那是我們在一起的所有日子。那是湯瑪斯經過一夜又一夜後失去的日子，我嘗試在整個過程中擺脫這一切，可一切依舊留在我的意識中。

霧散了。那些奇特的日子已經過去了。我明白，我無法再繼續保留早晨那不明確的灰色的光，我也明白，我將過去和未來排除在外，我經歷了一種人類的冬眠狀態。那些沒有特色的早晨消失了。那是無法挽回的海底時光。那是最幸福的迷霧——而我此刻想來——這需要處於最大的天真狀態，徘徊在愚昧的殿堂裡，並讓自己陷入冷漠的溫柔掌控之中。

整整五天，我躺在客房的床上。然後我回去了。那是第八十一個日子。我看見筆記本上用原子筆畫了五個記號，我隱約記得，我把筆記本放在桌上，幾乎自動化地在上面畫記號。我隱約記得我會在每天上午湯瑪斯外出的時候做這件事，但是我並不確定。我坐在房間的書桌旁數著每一個記號，與其再畫一條線，我寫下了#81。彷彿我要求的是精準度。彷彿我必須把每一個日子都一一算清楚，日子必須編號，我無法再將就於筆記本上的線條。

早晨，我醒來，已經被日趨熟悉的腦部活動淹沒，然而，現在，我的思緒裡開始出現詞語。「理性的譫妄」、「邏輯的磨練」這些詞彙和我腦海裡持續的嗡嗡聲一起出現。

接著，我開始留意身處的這個房間，我發現，躺在床上，可以聽見雨打在窗戶的聲音。然後我留意到了隱約的汗水、未洗的衣服的氣味，和還沒刷牙的氣味。我記得，我先是環顧四周片刻，然後才發現這些氣味來自自己身上。我也記得，我覺得冷，而且也想著：塔拉．謝爾德躺在這裡，覺得寒冷。我想著「早晨的寒意」。稍後我可以聽見湯瑪斯出現在樓梯間，我對自己說：我知道的就是那麼多，沒有任何變數。至少我知道他何時會扭開水龍頭，把水壺裝滿，然後把它放在爐子上。

我在下午時走進去，湯瑪斯已經外出。我聽見客廳裡傳來的音樂聲，我聽見他把玄關地上的包裹拿起來，我聽見他離開家。我成了另一個人。我的腦袋鬆懈了下來，我餓了，非常需要洗個澡。我上樓，洗澡，換了衣服，下樓走進廚房，切了一片麵包，然後吃掉。我在冰箱的蔬果抽屜裡找到一顆梨子，應該是從那第一個霧般的日子開始，就在冰箱裡了，我把梨對半切開，再切成四分之一，然後一塊接一塊吃下去。然後我坐在客廳裡等候湯瑪斯。我熟知他的一天。我知道他會在開始下雨時回來，只是不確定準確的時間。

在雨傾盆而下的下一個瞬間，我看見我們的鄰居沿著柵欄走過來，不久之後，湯瑪斯出現了，濕透，沒有帶傘。我急忙走到走廊，開了燈，把門打開。

他驚訝地看著我。我們在門口相遇。我幫他把濕透的外套脫下，告訴他，我回來了。我去臥室裡拿了一件毛衣給他，泡了一杯茶，然後把他拉進客廳，我們坐下來，我向他報告有關巴黎、菲力普．莫雷爾和瑪麗，那些消失的書和塞斯特斯的一切。我向他敘述我們奇特、迷霧般的那些日子。我描述那消散的霧氣和有著清晰視野的早晨。我告訴他筆記本裡的記號及我逗留在客房裡的事。我告訴他，我是另一個人了。我的大腦裡發生了一些事情。我把他拉到客房裡。我的氣息瀰漫在房間的空氣裡。地上散落著我吃過的餅乾包裝袋和蜜餞杏子罐頭。我說，我需要他的幫助。我拿了筆記本給他看，裡面有一連串的鉛筆記號，然後有五道用原子筆畫下的線條，下面寫著＃８１。我說，我必須掌控時間。我必須知道時間是如何連繫在一起的。我告訴他，邏輯的磨練、理智的建築工地、大腦的承包商工作，聲音的蒐集、意識的數據處理。我說，我必須找到時間的破口，我必須知道如何能夠逃脫，如何能夠回到向前移動的時間裡。我說，我覺得，他可以幫助我。

我看得出來他相信我。我已經不一樣了。我的大腦裡彷彿被掃出了一條小徑，鋪好地磚，灌木叢被清理了，鋪了一條路，剷了雪，我不知道，反正我必須得前進。我必須要有答案。我必須找到一個解釋和一條出路。我開始相信，只要我能看穿其中的機制，便能讓這一天重新回到那熟悉的向前移動的軌道上。

我們花了二十七天研究這一天的機制。我頭腦清晰，眼前的景象清晰可見，有前景、中景還有遠處清晰可見的地平線。我躺在湯瑪斯身邊，眼睛尚未睜開，我便已經意識到發生了什麼事。我下床，走到樓下整理自己對前一天的觀察。我叫醒湯瑪斯並向他解釋這一切。我總結了我們的調查研究，向他轉達我們的重要結論。他得幫助我。沒有大霧可以讓我躲藏。我堅持要發問。傷害是如何造成的？有什麼能解釋這一切嗎？或者一切只是巧合，一個偶然的事故？時間的裂縫在哪裡？在時間崩壞的那一天，我做了什麼？誰是始作俑者？有沒有人做錯了事；如果有，是什麼事？

可是十一月十七日是平淡無奇的一天。我去了波多爾。我買了書，然後前往巴黎。十一月十八日是平淡無奇的一日。我早上醒來，吃了早餐，我讀了一份報紙，我看見一片麵包掉在地上，買了幾本書，把其中兩本放進我的包包裡。我拜訪了一個朋友，或者該說是兩個朋友，我被燙傷了，我打了電話，我裹著冰塊睡了一覺。

我們無法找出錯誤。我們無法找出時間崩壞的原因。沒有任何理由。我無法找出任何理由，湯瑪斯也無法找出任何理由。我們只能找到模式和不規則性。湯瑪斯是那個模式，而我是那個擾動。

從第一天開始就十分清楚，我的身體跟著我的步伐。在菲力普的店裡被燙傷，這件事以一個小小的疼痛的傷口跟著我，腫脹、長水泡，結痂，接著痂脫落，留下一個紅色的疤，漸漸地，疤痕在日復一日之間收縮，最後變小。早晨醒來的時候，我的手在十一月十八日受過的傷並沒有消失。傷口跟著過渡過來了，就像你想的那樣，一個受傷的傷口，隨著時間的推移，一天接著一天，一點點地產生變化。時間在我的皮膚上產生了作用，在浴室的鏡子前，我也開始留意到我的頭髮。頭髮長了。我之前並沒有注意到，但是現在我可以看見，我的頭髮變長了，不多，但是足以讓我確定。我在鏡子裡的臉孔看起來還是一樣，如果有任何變化，也是微小而無法察覺的，但是隨著日子的過去，頭髮長了。

一切都無讓人驚訝之處．日子一天天過去，傷口痊癒，頭髮長了，時間過去了，而我的身體跟著時間，卻彷彿一切都沒有發生。我的指甲留長了，我有模糊的印象，我站在浴室裡剪指甲，但是那是迷霧之日的事，我的記憶模糊且灰濛濛的，然而，此刻一切都很清楚，我此刻，或者一再地，在浴室的洗手槽前，慢慢地剪著指甲，因為指甲長了，恍如時間還存在，而我把時間一點點地剪到洗手槽裡，然後打開水龍頭，把它們沖進排水溝。

但是湯瑪斯看起來還是 樣。沒有任何變化。我們在一起過著不一樣的日子，但是一切都沒有駐留在他的記憶或身體裡。日子在一夜之間消失，穿越他卻不留痕跡，而他每個早晨醒來都和前一天一模一樣。我們生活在兩個不同的時間裡，我們的身體也生存在兩個不同的時間裡。不僅僅是記憶，身體也一樣。

我們周圍的一切事物更加變幻莫測。十一月十七日，我在波爾多的拍賣會上買的那些書，隔天還在飯店房間的桌上，就在我之前放的位置，但是我在十一月十八日買下的《飲用水歷史》和桑德的《天體》，至今依然是個謎。我們並不清楚，它們為什麼會先回到我買下它們的那間古籍書店，卻在隔天留在我身邊，安全地擱在枕頭底下，並且在接下來的幾天裡毫無困難地留在我擱下它們的地方。我曾隨身攜帶著它們，擔心它們會消失，但是，很快地，我把它們留在客廳的桌上，彷彿它們就是屬於那裡，彷彿它們已經被訓練過要留在那裡。

是這些不規則性讓我們感到困惑。許多事物皆回到起點。暖氣爐和那瓶藍色的瓦斯重新回到了菲力普・莫雷爾店鋪的後方。連灰塵也回到了原本的位置。那枚塞斯特斯消失了。我嘗試尋找，而我非常確定，它此刻正躺在菲力普・莫雷爾店鋪裡的櫃檯上，屬於它的小盒子裡。然而，如果塞斯特斯回到了它的原點，為什麼我的包包、衣物和一切我帶去巴黎的東西，沒有回到那個第一個十一月十八日的飯店房間裡呢？它們與我一起留在了這間房子、每個早晨都留在我前一晚放置它們的位子上。第一個晚上，包包在客廳的地上，然後在臥室的角落，現在就在我旁邊，靠著牆，而書本都在床邊的小桌子上。彷彿我在這一切的不可預測之中，仍然可以帶著它們，把它們拉進我的時間裡，並讓其保持冷靜。

我們找不到明確的模式，這讓我感到困擾。我想要找到模式然後打破，然而我們發現太多模糊之處，以致無法參透這一天的機制。只有灰色地帶和無法解答的疑問。

非常明確的是，我日日蒐集，並且記得我們所經歷的十一月十八日，但是所有的人在隔天早上醒來時，都忘記了這一天。我已經不太清楚記得每一天了，日子的周圍散漫著一層迷霧，在我的記憶裡一起流動，但是並沒有消失。

我記得我們留下了痕跡。物品有了變化。我們把東西用完了。起初無法找到我們常買的咖啡。咖啡售罄了，我們買了另一種——可其實是我們把在克萊門丁吉魯街上那家小超市貨架上的咖啡喝光的。同時也是我們把貨架上的柳橙巧克力都買光了。我們看見清空了的貨架，我記得我感到疑惑，但是我們買了另一種巧克力——純正的黑巧克力，薄荷巧克力或焦糖巧克力。

偶爾，有些物品會回到原本的位置。我們買下貨架上最後一罐橄欖，放進廚房的櫥櫃裡，隔天，它從屋裡消失了，但是卻可以在超市的貨架上重新找到。我想我們又買了一次，把罐子打開，在午餐時吃了一些橄欖，我覺得那半罐橄欖隔天應該仍在冰箱裡，但是我不確定，因為在那段迷霧般的日子裡，我們並沒有去確認這件事。

當時我們也沒有檢查銀行帳戶，而此刻，非常明顯地，帳戶每一天也都回到了原點。每個早晨的餘額都一樣。儘管我們每天的購物開銷，大部分在每個晚上都已經扣款了，隔天早上這筆開銷仍會再次從帳戶裡消失。我們也早在第一個早晨就發現，湯瑪斯的電話裡並沒有我們的通話紀錄，我也記得，我的電話早在往克萊龍的火車上就出現了問題。不久之後，電話就完全失去了訊號，然而我並不需要電話，於是我們也不再關注這件事。還有更重要的事需要考慮。我們有迷霧般的早晨和飄雨的一天及更重要的事情需要處理，而當一天的不規則性出現在我們的對話之中，我們很快就會改變話題。

然而，我不想再改變話題了。我想要知道真相。我想要答案。湯瑪斯猶豫。我堅持。我們去購物然後把東西放在廚房裡。我們把它們打開或者直接放著不動。我們記錄帳目然後觀察。通常，我們沒有打開的東西會在一夜之間回到我們購買的原地。我們把東西帶到臥室裡，我買了一罐橄欖，把它放在窗臺上，我把一個未開封的牙刷放在我的枕頭底下。隔天早上，牙刷甚至包裝都還在，但是那罐橄欖卻不見了，還有湯瑪斯放進廚房櫥櫃裡的一包茶也消失了。

顯然地，這一天會回到原點，但有一些變數。那不是一種機制，是其他的東西。是同一天的重複，但是這一天並沒有被凍結。我記得。湯瑪斯遺忘。我跟著時間流動。湯瑪斯靜止。事物遵循著不同的模式。事情並不簡單——彷彿所有的一切都處於懷疑之中，好像在猶豫，好像在時間的各種可能性之間搖擺不定，處在時間前進和迴轉的邊緣。

我們在找尋那一天往回走的時間點，然而那並不是一個時間點。那並非發生在午夜。或許發生在清晨，但是我們找不到一切開始逆轉的魔幻時刻。不是在時鐘走到午夜十二點的那一刻，不是一點五十分，也不是清晨四點三十五分。沒有精準度，也沒有規則。

每個早晨，我叫醒湯瑪斯，告訴他發生了什麼事。我說，他必須得幫助我。我走進了另一個時間刻度裡。或許是我的大腦重組了，我說。我需要幫助。我無法獨自參透這一切。我們必須找到解釋。他必須與我一起思考。

我從客房回去以後，頭幾個晚上的某一晚，我們整夜都醒著，而湯瑪斯因此成功地跟隨我到了第二天。午夜時分，什麼事也沒發生。湯瑪斯與我在一起。他記得我們的那一天，他記得那是十一月十八日以後的晚上，而非十一月十八日之前的晚上。

凌晨一點，什麼事也沒發生。兩點鐘也沒事發生。到了三點，我們開始感到疲憊，但是互相承諾要保持清醒。我們在廚房煮東西吃。我們喝咖啡和做愛。我們為彼此大聲朗讀並一起淋浴。如果我們要從一個房間移動到另一間房間，也會一起行動。我們聊著天走下樓，牽著手上樓。我們不讓對方離開彼此的視線。我們保持注意力的集中。我們步調一致、同心協力。我們是連體雙胞胎，拉馬車的隊伍，兩個正在鋸樹的伐木工。我們想要一起進入十一月十八日，我們想要一起從十一月十八日走出來。我所有的注意力都在湯瑪斯身上，好確定他沒有機會可以遺忘我和他一起待在這間房子裡的此時此刻。

凌晨五點剛過，他肯定有那麼一瞬間分心，又或者是我走了神，因為他瞬間以為自己睡著了。我們躺在客廳的地上，躺在那黑白花紋的地毯上。當我用手撫摸著他赤裸的肌膚時，他翻了翻身，忽然間，他的身體震動了一下，就像睡著前身體習慣似的抽搐動作，但是我不認為他睡著了，因為他當時正在說話，並且在說完的同時翻了個身。他看著我，有些困惑，彷彿一個被驚醒的夢遊者。他問幾點了，今天是星期幾，我們喝了什麼，他覺得不舒服。再過一會兒，他問我，我究竟是什麼時候回來的，因為他已經忘了我的歸來。我是不是比預期中提早回來了，我是否在晚間回來了，我這趟旅程如何？

他沒有留下任何記憶。他的記憶裡沒有深夜的淋浴或咖啡，沒有疲憊的對話或宵夜。沒有連體雙胞胎、拉馬車的隊伍或伐木工。我們之間有了距離。時間出現了裂縫，但是無法看出究竟是如何發生的。一瞬間的分神，使得湯瑪斯失去了他的十一月十八日。他的記憶再次被刪除，不是因為一夜的長眠，也不是緩慢的溶解，而是，他的十一月十八日彷彿掉進了夜晚的裂縫，一個忽然裂開的深淵。然而，我們卻看不到事發經過，我們找不到時間的缺陷，我們也找不到解釋。

我再次把整件事的經過告訴他。我說，時間崩壞了，我們正從其中審視問題，我們已經深入細節，無法繼續躲在迷霧般的日子裡，而他必須協助我，我告訴他沒有死傷，只是一個充滿謎題、不規則性的時間，一個不可預測的機制，一個充滿太多未知數的不明確的方程式。

我們在客廳裡睡著了，隔天很晚才起來。湯瑪斯先醒來，他記得我在清晨告訴他的一切，但是我們在一起的一整天、一整個晚上，及我們徹夜未眠的所有調查過程全都消失了。他只記得我告訴他的：時間崩壞了，而他得幫我；當我醒來的時候，他已經把整個情況思考了一遍。

我們一起度過下午的時間。我們出門採購，回到家裡，我們聊著時間的細節，而我堅持再次嘗試找出時間的缺陷。

那一個夜晚，我們再次保持清醒。經過了白天長時間的補眠，我們的專注力更敏銳，精神更加抖擻。我們寫下觀察結果，仔細專注於最微小的細節。深夜，我們在廚房裡煎荷包蛋，在廚房的桌子面對面坐著。我們討論著每一個細節，以確保我們專注在相同的方向。我的一隻手握著平底鍋，目光緊緊鎖在湯瑪斯身上，他把油倒進鍋裡，然後從冰箱裡拿出雞蛋。他在雞蛋上敲了一個洞，放進平底鍋裡，一個，再一個，而我則看著他的手。我們聊著有關那片我小心翼翼從清澈的蛋白中撈起來的蛋殼，有關油在荷包蛋邊緣燒起的小氣泡、蛋黃清澈的那層膜，聊著關於熱氣的分布，關於蛋白的乳白色和透明度，關於當那乳白色蔓延到蛋黃邊界的瞬間，關於灑落的胡椒粉，關於鹽巴。我們聊起童年時那顆雙蛋黃雞蛋帶來的驚喜，當你和媽媽或爺爺在廚房裡，忽然間——尤其如果那是一顆特別大的雞蛋——把蛋打破以後，發現碗裡躺著兩顆蛋黃。我們聊著養雞的事，我們的花園很大，在菜園後側有足夠的地方可以放置雞舍。我們把盤子和餐具找出來，同時聊著有關盤子和餐具發出的聲響，有關瓷器和金屬的聲音。我把平底鍋從爐上提起來，湯瑪斯找出了隔熱墊，我把裝著荷包蛋的平底鍋放在桌上，我們面對面坐著進食。

我們蒐集細節。我們保持專注。我們把目光緊緊地鎖在彼此身上。桌上。我們之間那一個空的平底鍋上。我們在桌旁坐著，大約十分鐘，或者更久。我們聊著周遭的物品。我們思考物品究竟是相繼消失還是同時消失。湯瑪斯認為，此時此刻，屋裡其他空間的物品，應該有些已經回到原本的位置了，我們說要去看看，但是並沒有站起身來。我們說起那些可以記錄改變的相機。我們說起愛情。說起愛情是否可以讓事情發生。說起愛情是否可以帶著我們逃離或前進。

在某個時間點，平底鍋忽然消失了。我僵硬了片刻，環顧廚房四周，但是平底鍋不見蹤影。我站起來，同時聽見了湯瑪斯的叫聲。他想要知道發生了什麼事。他非常焦慮。他並沒有昏昏欲睡或者疲憊。他只是不安。他不記得自己為什麼會坐在廚房裡。他在十一月十七日的晚上，在我們通過電話以後，便上床睡覺去了。此刻，他卻坐在廚房裡。我應該在巴黎。而此刻，我卻站在這裡，尋找著平底鍋。

我將平底鍋拋諸腦後，再次坐到湯瑪斯的對面。我向他解釋發生了什麼事，當我引領他穿越我的第一個十一月十八日一直到我們剛剛吃下的荷包蛋時，我看見不安從他身上穿越。他並沒有剛剛吃下荷包蛋的感覺。實際上，他此刻感覺到有點餓。我堅持。我讓他看冰箱裡的蛋盒，此刻並沒有六顆雞蛋，只有四顆。我再拿了標明十一月十八日的一張收據給他看，上面寫著六顆蛋，我請他仔細看看收據上的時間。但是垃圾袋裡沒有蛋殼。蛋殼消失了，瓦斯爐剛剛煎過蛋的金屬灶架，卻還有些餘溫，而我們購物時的收據一直都在我的包包裡，沒有消失。要在這其中為時間的不規則性，找到一個合理的解釋，並不可能。

第一次，我覺得毛骨悚然。不僅僅是暈眩或奇怪或一點點的害怕。是恐懼，這一切都毫無意義，並沒有魔法，迷霧全都消散了。這不是在飯店麵包掉落那個瞬間的不安，不是我們之間經歷的那個灰色地帶。我們不是在這些風景中的漫遊者，我們不是潛水員或船難漂流者。我們不是雙胞胎或拉馬車的隊伍，我們不是伐木工或一顆蛋裡的雙蛋黃。如果我們身處美索不達米亞，河流已經被命名並回流到它們的河床。天氣晴朗，陽光炎炎，河流乾涸，你可以感覺到部隊的陣型，河岸邊巡邏隊清晰的輪廓，金屬的聲音。我們生存在兩個不同的時間，差異顯而易見。那是兩塊領土交界，邊境紛爭不斷，區域間交易隱晦。我們是戰區裡的戀人，湯瑪斯對我們在一起的日子毫無記憶，我們無法創造迷霧的日子、水患和朦朧的清晨，我們無法共同找到前進的道路，我們不是雙重的、朦朧的或者平行的。我找不到清晰的線索和脈絡，更找不到出路。

我們再次企圖為時間的缺陷找到意義，卻徒勞無功，我們再次入睡而湯瑪斯同樣再次只記得我們在清晨的談話內容。他記得廚房的混亂和困惑，他記得我的報告、我冗長的解釋、我對我們調查的詳細描述，但他對我們那個漫漫長夜的記憶卻再次被刪除、被抹去，消失在夜晚的裂縫裡。

接下來的幾天都一樣。我一醒來就立即記起了所有發生的一切。我坐在床上看著湯瑪斯，他在我身邊安穩地睡著。我已經為今天做好了計畫。我把前一天的觀察筆記整理好，和其他天的觀察做比較。我做了圖表和表格。我畫了圖形和列表。我把記錄板掛在客廳的牆上，用紅色和綠色的筆為這一天的問題做記號。

接著，我把湯瑪斯喚醒。我告訴他發生了什麼事。我感受著他的不安。他猶豫。我堅持，於是我們開始調查當天的情況。上午，我向他展示了我們先前調查的主要觀察和成果。我給他看了描繪時間模式的草圖和概述當天事實的列表。一整天下來，我們討論了一切可能的解釋，畫了圖表，建立系統，做了概覽，然而隔天早晨，湯瑪斯再次醒在他的第一個十一月十八日，他遺忘了一切，我必須再次解釋發生的事情，以及我們的研究調查進展到什麼程度。

客廳已經成了辦公室。牆是記錄和數據的背景。那黑白相間花紋的地毯成了簡報和總結的交匯處。窗戶旁的扶手椅是我們的員工休息室，我們想要休息時便坐在那裡。我們在白天記錄、觀察結果和數據，在晚上把這些數據結果再蒐集起來。我們草擬細節和變數。我們發現了規則偏差。我們畫線、刪除。但是這些研究調查都沒有結果。又或者更確切地說：這些調查帶來了許多結果、大量的觀察、無法解釋的細節，或者永遠無法精確的解釋。

我們生活在兩個不同的時間裡。事實就是如此。當一日伊始，只有我知道這件事。只有在經過了早上的報告、早餐時的簡短介紹，以及詳細看過客廳裡的清單、圖表和表格以後，湯瑪斯才明白，我要求他參與的是什麼事。而且，界線是流動的，這也是事實。這種轉變並沒有特定的發生時間點。我們可以一起走過一段夜晚，但時間遲早會失軌。事實是，世界上的物件有時跟隨著我，有時會回歸到原來所在之地。事物的運作並不穩定。將其緊緊帶在身邊是有效的方法，但是時間的機制有些難以預測。

我們集中注意力。我們找出理論和架構，以此來和十一月十八日這天的事件進行對照。我們討論對現實的理解和意識功能失調的看法，我們思考著我是否產生了一系列虛構的經歷，或是其他人進入了某種健忘的狀態，還是我們已經踏入了精神不協調的浪潮。我們提出論點和反論。我們閱讀關於時間並列和時間測量變數的資料，我們找到關於對時間斷裂和時間毒性重現的描述。我們研究了關於平行宇宙、多重世界和相對時間結構的理論。我們找到了關於記憶形態學和失憶性時間段的報告。我們對重複理論和記憶缺陷進行討論。我們觀察意識的過程、這一天的數據、世界的物品、時間的序列。我們蒐集各個理論和解釋。

實際上，我們並不缺解釋，我們已經有了許多解釋，卻找不到可以經得起批判審視並涵蓋眾多觀察的解釋。我們所有的研究都陷入了絕境，而每一次我們對一個變數進行思考的結果都是無功而返。這一切都存在著弱點、缺乏連貫性、不相符的事實、矛盾和悖論。當我們企圖將手上的資料建構成一個整體的時候，所有的系統都崩潰了。這一切都沒有一致性，我們無法找到任何符合當天所有數據的理論，我們無法建立一個連貫性的系統或者在任何模式裡找到平靜，不得不將所有充滿細節的解釋一一丟棄。因為當我們每次走進死路時，都會回到一個事實：湯瑪斯受制於遺忘法則，而我則在記憶裡累積了太多的日子。湯瑪斯被困在永恆，而我則緩慢卻毫無疑問地，走向墳墓。

隨著時間一天天過去，我原本希望一切突然恢復正常的期盼也越來越渺茫。儘管湯瑪斯偶爾在早上、甚至上午的一段時間裡認為，這個傷害只是暫時的，但到了晚上，經過一整天的深思熟慮後，他通常也對一切恢復正常失去了信心。我們那些灰濛濛的日子已經逐漸失去痕跡，也無法平靜地度過十一月十八日，那些對時間不可預測性的玩笑也幾乎消失了，還有那些我們一起躺著聆聽夜晚的深夜時光——我對夜色發出的所有聲音進行持續的評論，躺在黑暗中的湯瑪斯會忽然笑出聲來，因為我能夠準確預測夜間聲響的順序——這樣的時光，也消失了。

曾經的樂趣消失了，剩下的只有那些充斥著我們一天的毫無意義的探索。我們企圖走入時間的謎團卻徒勞無功，許許多多的問題，一再不得不放棄的解答。通常——一般是我們在廚房裡準備晚餐的時間——我們會放棄各種解釋，轉而思考一個問題：我們會變成什麼樣子。我們可以互相支撐著彼此嗎？我是否能夠在每個見到湯瑪斯的早晨，告訴他關於那些越來越多的日子、新的解釋、倒塌的紙牌屋、死路和狹窄的通道？

儘管如此，我也記得在這一切當中曾經忽然出現一線希望，那些關於變化的微小想像，那些關於我們有一天會在十一月十九日醒來的想法，或者我們忽然有了突破，來到了一月或二月的某一天。時間早晚都會回到恆常前進的移動吧，湯瑪斯在第一個晚上如此說，而偶爾，我們其中一人會突如其來地重複他的這個說法，不帶自嘲或怨恨，沒有悲傷，也沒有失望，而是帶著希望，一種平淡的、可辨識的希望。偶爾，我們得以進入濃霧之中，那些與我們的第一日相似的瞬間，有的時候，我們覺得我們明白了時間，以致於可以面對困難，且正在朝著解決的方向前進。然而，內心深處，我知道我們被困在一條死路裡了。我們無法回到那段迷霧般的日子，無論我們畫出了多少觀察結果和系統，都無法找到站得住腳的解釋。

我在湯瑪斯身邊逗留了二十七天。然後我明白了自己必須獨自調查這件事。我們在一起的這段時間裡，我第一次必須自己擬定計畫。我還不知道該怎麼做，但是我知道，我無法再在每個早晨重複敘述越來越多相同一天的各種變化。我們無法共同面對十一月十八日。這是我必須獨自背負的日子。

在同一個晚上，當湯瑪斯正在刷牙的時候，我把包包收拾好了。他在脫衣服的時候，我把辦公室拆了，把我們的圖表和紀錄全部放進一個褐色的紙箱裡，當他在浴室時，我急忙把包包和箱子放進客房。我把廚房整理好，廚房看起來就像湯瑪斯在他的第一個十一月十八日醒來時該有的樣子。我從花園的蘋果樹上摘了幾顆蘋果，放在廚房流理臺的一個碗裡。我把廚房櫥櫃裡的半包茶葉倒進一個空的茶葉罐，藏在幾袋麵粉後面，我把在十一月十八日採買的東西從冰箱裡清出來。

隔天早上，我搬進了客房。那是第一百零八個相同的一天。我在天亮以前醒來，躺了許久，聆聽著熟睡的湯瑪斯在黑暗中的聲響，接著，我小心翼翼地下床，把身後的被子鋪好，壓平，看起來像不曾被使用過一般。我把我的衣服都拿起來，躡手躡腳地走下樓。我小心地打開客房的房門，把衣服放在一張椅子上，把在客廳裡放著的那一疊書取走，接著把我在屋裡最後的足跡都清除掉。我從客廳清走了幾枚圖釘和掉在地上的一支紅色馬克筆。我從廚房裡拿了一個杯子、一個盤子和一些餐具，放在客房的桌子上。我把我的外套和靴子從玄關帶走，然後關上房門。很快地，除了我留在臥室被子底下的一絲餘溫，漸漸會消失的那一點點溫差以外，這棟屋子裡再也沒有我的任何痕跡，而當湯瑪斯醒來後，餘溫就會消散，他會將我在他的十一月十八日的探訪，全部遺忘。

幾個小時後，我從客房的床上醒來，我可以聽見樓梯上傳來湯瑪斯的腳步聲。他從遺忘裡醒來，醒在一個再平常不過的十一月十八日。而我則在客房裡醒來，醒在我的第一百零八個十一月十八日。

#124

昨晚睡得有點晚。我在湯瑪斯上樓前便把燈熄了，但是並沒有睡著。我躺在床上等候，確定他已經睡著後，便繼續書寫。我在桌旁坐下，開了燈，此時我已經把十一月十八日一再地記錄下來了，日子還是沒有走到十九日。我可以在白天裡聽見一切。我在同樣的聲音和同樣的一天裡醒來。那是我熟悉的模式。那是十一月十八日的模式，而我就快要習慣這個想法了。

周圍的空氣依舊寒冷，但是湯瑪斯已經點起了客廳的壁爐，我可以聞到從門縫裡滲透進來的淡淡煙味：是煙囪裡的氣流、風向，又或是一陣突如其來的風把煙吹過來，但是很快就會散去。我吃了一點本來要給鳥兒們吃的乾癟麵包，於是現在鳥兒沒麵包吃了，但是，當湯瑪斯下午在客廳打開音樂時，我會出門一趟，去克萊門丁吉魯街上的超市幫鳥兒們買麵包，然後趕回家，湯瑪斯那時會出門，我就能去餵餵鳥兒們——黑鶇和知更鳥，大山雀和長尾山雀，以及所有的鳥。我會購買種子和麵包，我會買鳥的飼料球，或能餵飽飢餓小鳥們吃的任何東西，因為我把牠們的麵包吃了，牠們也需要被餵食。當我餵飽牠們，我應該會洗個澡，或許做個歐姆蛋，我得記得買雞蛋，或許該買個電爐放在角落。或許句子有療癒作用。這是第一百二十四天。明天我會寫下#125，後天我會寫#126，事情就只能是這樣。

我可以意識到自己今天的情緒。反覆無常。今天早上有點起床氣，但我想那應該是因為睡眠不足。我環顧房間，為自己的雜亂不堪而微笑起來。我的靴子放在地板正中央，那裡還有衣服和紙張，桌上放著幾個盤子和髒杯子，我的椅子下則躺著一支鉛筆，桌上有我在前一晚削尖鉛筆時留下的筆屑，而除了疲憊外，我心裡有點愉悅，就像醒來面對自己的凌亂不堪，但知道這不是一個錯誤時的那種感覺。凌亂其來有自。我得處理重要的事情。

凌亂是因為我用了一整晚的時間來回想。因為我停駐在十一月十八日。此刻已是傍晚，湯瑪斯應該在我睡覺時出門了。我沒有聽見他回來或出去的聲音，我坐在桌旁，面對著一疊紙張，我在上面書寫：這天是十一月十八日，我是塔拉．謝爾德。我彷彿感覺自己不再孤單。彷彿有人在傾聽。我的日子沒有因遺忘而消失。日子存在。我的日子存在於那一疊紙張裡，並沒有在過了一夜後被刪除，紙張會記得，而我可以看見上面寫著同一天的各個編號，一直都是十一月十八日，十九日從未出現。

我寫下所記得的一切，關於那些一再重複的日子，我所知道的有關十一月十八日的一切。但是我已經無法知道更多了。我在第一百零八個日子搬進來這裡，而自那天開始，什麼事都沒有發生。我在早晨醒來，我看著雨和花園裡的鳥兒們，我聆聽著屋裡的聲音，下午，我在聽見客廳的音樂時出門，然後有一天，我開始書寫：這天是十一月十八日，而屋裡有人。現在也是這樣。我向前走，但是已經沒什麼好說的了。經過好幾天努力回想我漫長的十一月十八日，結果只是一大疊紙和一房間的凌亂。

此刻，我再也沒有什麼可說。關於這一切。或者應該說，我無法再敘述更多有關塔拉．謝爾德的事。我不知道發生了什麼事。我不知道未來是什麼。但是我猜想，這一切會繼續下去。一直持續。我想，今天也會和其他日子一樣，而當今天結束以後，另一個十一月十八日會降臨，如此日復一日，當我有一天寫下#365時，一年就過去了，然後又是另一個十一月十八日，然後呢？

我不知道接下來會怎樣。我對這一天瞭如指掌。我可以告訴你下一秒鐘的天氣如何。我可以預測這間房子裡一天之中發生的事，我可以告訴你關於鳥兒和烏雲的事，我可以知道哪個蔬果小販會在午後出現在米尼奧萊廣場的市場擺攤，我可以告訴你將近下午三點半時在克萊門丁吉魯街上那間超市收銀櫃檯排隊的人是誰，誰會在四點五十分走上小樓咖啡館的階梯，然而，有關我自己的未來，我卻無可奉告。除了告訴你，我是從那間面向花園和柴堆的房間裡醒來，而且是懷著一種不同的情緒醒來之外，我實在無法多說什麼。總之，我醒來時有了情緒——那是一種前所未有的新狀態。

#129

終究還是出現了狀況。塔拉・謝爾德獨自在十一月十八日有了情緒。這幾乎每天都在發生，儘管沒有持續一整天，但是忽然之間，我有所感覺。今天也不例外，我感到有點厭煩，或許是因為沉悶，但是這反倒讓我開心，因為這打開了我周遭的世界，似乎有了容納情緒的空間。我幾乎感覺有人住在這裡。一種搖擺不定的情緒，幾乎就像是在跳舞，裙子裡飄來一陣風，我轉啊轉。儘管這裡的空間不大，但已足夠允許心情的轉換。現在我的情緒又變了。歡樂的氣氛在房間裡蔓延。

#136

我並不是指我失去了希望，只是希望不常來訪。它離開了。它的離開一點也不戲劇化，它沒有甩門而去，更像是一隻找到新的狩獵物的動物，一隻搬去鄰居家裡的貓咪，一棵把種子散播到另一個易於生長的地方的植物。但是，取而代之的是，我有了情緒。情緒跟希望不一樣，但是也並非虛無。我擁有了一個電水壺和一個電爐，我在鎮上的五金店買下的。我也買了一個平底鍋。我用我的希望換取了情緒和平底鍋。

醒來的時候，我經常可以感覺到情緒浮出表面，但卻極少感覺到希望。我並不會在早上醒來的時候想著，也許是今天。也許就是今天了，我會醒在十一月十九日，或者是另一個早晨，例如十二月或一月。在二月結霜似的天氣或者三月的某一天醒來。我不會走到窗前，期盼天氣有所變化；我也已經很久沒有在入睡前想著，或許會醒在另一天。

我並非失去了希望，只是希望很少降臨。我無法安心地坐下來等待，無法召喚它，但有時希望會突然出現。出乎意料地，突如其來。就像昨晚。

昨夜，我走進了花園。因為夜已深了，因為我尿急，因為我打開了通往走廊的門，然後靜悄悄地走出去，走進了花園。天很冷，我赤腳走過草地，我經過了蘋果樹，走到樹籬。一大半的天空被雲遮住，我在黑暗裡撒尿，然後站起來，想要馬上走回屋裡，然而，此時，在月亮隱藏的那個地方，雲彩消散了。

這並沒有什麼奇怪之處。湯瑪斯和我也曾經在夜裡出門好幾次，偶爾也會看見月亮，一直都是一樣的月亮，殘月，一側有點彎曲，正邁向新月階段，可是當遮蔽的雲散去，月亮出現在天空時，看起來忽然有點不一樣，更彎曲一些，我覺得，彷彿更加消減了一些。我忽然有了一絲希望：減弱中的月亮，往正確的方向前進，彷彿是時間開始向前走。

由於另一朵雲遮住了月亮，我因此在寒意裡逗留，但是當雲消散後，月亮又變得完全像原來的那個月亮了，於是希望就消失了。沒有變化，是我弄錯了，月亮還是那個十一月十八日的月亮，我回到屋裡，靜悄悄地走進去，在擦腳墊上把潮濕的雙腳踏乾，走進房間，盡我所能，不出一聲，把門關上。

然而，我想，有些事情已經改變了。對於回到一個時間向前推進的世界的希望，已經成了一個在半夜出現的驚喜。一次埋伏，難得的一瞥，瞬間又消失無蹤。

我可以感覺到情緒的到來。一開始是傷心，掉入我思緒的那一點黑暗，如某種暗影，以某種方式飄忽不定地出現，忽然間變成微弱的歡欣。回到床上的時候，我感覺到淡淡的哀傷，下一刻卻讓我發出輕柔並帶著遲疑的笑聲，宛如我不知道可笑的究竟是我還是世界。宛如當你被視為笑柄或被人惡作劇時，忽然從另一角度審視自己，情不自禁笑了起來。

我回想昨晚的心情，那種感受到變化和希望的心情，隨後忽然又回到了同一輪彎月，我忍不住覺得世界一直在愚弄我。這不只讓我覺得自己犯了錯，更像是相信了一場愚人節的惡作劇。彷彿是月亮改變表情，足以讓我相信事情有了改變，卻立刻又裝作若無其事地高掛天空，不動聲色。我不知道我為什麼會相信月亮產生了變化。然而想到月亮正在作弄我，讓我感到一種愉悅。當我發現自己如此輕易被愚弄時，我輕輕地笑了：我是一個相信了天空的愚人節惡作劇的傻瓜。

謝謝你，月亮。

#146

我進入了一種節奏。早上醒來。我聽見湯瑪斯在屋裡的聲響。當屋裡安靜下來的時候，我得保持平靜。他的聲音響起時，我隱藏在他的聲音裡，悄然移動。在他上樓以後、當他扭開浴室的水龍頭時、當他沖洗廁所時，我便用熱水壺燒水。那些聲響掩蓋了我的聲音。正在列印信件或標籤的印表機也能遮掩住熱水壺沸騰的水聲。湯瑪斯出門時，我便在屋裡四處走動。我們有一種節奏，我們配合得很好。這是不應該被打亂的節奏。當音樂掩蓋我的動靜時，我便趕緊出門，讓開門的聲音消失在音樂裡。我也得趁沙沙作響的袋子不會被聽見時趕緊打開那個沙沙作響的袋子。

我還沒有找到逃離十一月十八日的方法，但是我找到了走進這一天的方法和途徑，我可以行走的小小的通道和隧道。我無法逃離，但是我可以走進來。

我在一個可預測的世界裡找到了一條路、一個有了越來越多細節的模式。在這間房子裡流動。我在這一天裡流動。我是流動的。我讓自己像流水般隨著聲音流動，而流水注入了空間裡。

我能聽見湯瑪斯在屋裡的腳步聲。我們之間幾乎沒有距離。我數著日子，但是這些日子不會拉長距離。我找到了進入他的生活的方式。我們同步而行，協調一致，我們演奏二重奏，或者說，我們就是整個管弦樂團。我們擁有會變化的雨和光。我們擁有聲音——經過的車子、花園裡的鳥兒；我們擁有經過屋子水管的嗡嗡流水。

現在，一切簡單多了。只要我能跟隨著他的一天，只要我能維持這個節奏，只要我不打破這個模式。只要我能在樓梯的腳步聲中醒來。只要我在他為信件和包裹——為我們的信件和包裹——列印標籤時燒水。我擁有聲音和他的行動。崩壞的只是時間而已。我們在一起。我們只是被屋裡的幾面牆隔開。沒有人死亡，也沒有人受傷，然而，這並不是我們討論的話題。我們不需要句子。我們有音節和節奏。我能聽見屋子裡的節奏，樓梯上的腳步聲。我能聽見或大或小的雨滴打在玻璃窗門上的聲音。音樂是必須的——為了節奏和被雨打濕的音節。這是可以被聽見的：我們是一支無聲的管弦樂團。請聆聽。

#151

當湯瑪斯在廚房的時候，我可以聽見我們之間的連結。他透過房子傳送訊息，展現著音樂。他傳送了我聽得懂的聲音。它們聽起來像流動的水，如金屬和金屬的碰撞，像冰箱的門撞擊到桌角，但是，這是一場演奏會，他演奏，而我則安靜地協奏。

當他坐在客廳時，是我們之間距離最遙遠的時候，有時，我會忽然有種想要跨越距離的欲望，我想站起來，打開門，摧毀一切，破壞我們的節奏。但是，我知道，如果我走進去，我們之間的距離只會更遙遠，所以我沒有走進去。我沒有走進去把一百五十一個日子在我們之間的地板打散成堆。我沒有走進去企圖把他從他的模式裡拉出來。我與距離共存。我坐在床邊閱讀。我知道，他很快會再次靠近。如果我可以擁有如此短的距離，為什麼要把一百五十一個日子丟在地上打散成堆呢？

當湯瑪斯在玄關的時候，我覺得他過於靠近，但是一切稍縱即逝。他把杯子端來端去。他從掛鉤上拿起外套，從地上提起包裹。我則緩慢地呼吸。我是安全的。他不會進來。他不會進來這裡找到他被遺忘的一百五十一個日子。他走近，但是經過。我很安全。不再受那些堆積在我們之間的日子影響。不再因為湯瑪斯及他所有的遺忘而困擾。

我可以聽見樓梯上的腳步聲，很快地，我便會聽見他在樓上走動的聲音。感覺上，他並不遙遠，因為他從天花板傳來的每個腳步聲，都像是穿越房子建築結構的低語。只有當他在客廳的時候，我才會感覺他過於遙遠，而只有當他在玄關時，我感覺他靠得太近。

夜間的距離是最小的。當湯瑪斯睡著後，我們之間只隔著天花板，在兩種時間狀態間只有一線之隔。我坐在一間讓世界保持開放的房間裡，而我們之間的距離小得不能再小。他把天花板稱為地板。我把地板稱為天花板。但這些都只是稱呼，不是距離，那是一條把我們連繫在一起的線。

這只是一棟有房間的房子。屋裡有個人。他的名字是湯瑪斯．謝爾德，他從一個房間走到另一個房間。他用他的模式演奏音樂。他為誰而演奏呢？他為我演奏。

#157

這些日子很容易度過。日子飛逝。我思念，但只是輕微的思念。我渴望，但只是淡淡的渴望。這一天充滿越來越多的細節。這一天越來越容易預測。我感覺到一種歸屬感。我在越來越多的細節裡有了歸屬感。我知道這一天是如何度過的。我熟悉這一天的聲音及聲音和聲音間的間隔。我知道光的移動和雨勢的強弱。當太陽露臉時，我看見光打開了空間。黑鶇逃難時曲折的叫聲，和隔著兩條街外車子低沉的聲音，稍後又是同樣的聲音，不同的順序：光、車子、鳥兒。再稍晚一些：樹梢間的風聲、風中搖晃的花盆聲，間歇，車子聲。再後來：風聲、花盆聲，長時間的停頓，車子聲。而這一天在我還沒有意會過來的時候，便過去了。

#164

如果我保持沉著，可以很容易度過這些日子。換句話說，一天下來，我什麼都沒做，日子也會過去。除了每天早晨在筆記本寫下一個編號以外，我什麼都不必做，我毋須描述這一天，紙張空白地躺著，而當我無話可說時，時間就會過得更快。我隨著這一天流動，或者說，是日子的流動，什麼事或什麼人的流動。我呼吸。我想，我再也不需要任何字句了。我聽見這一天以自己的模式度過，在我還沒有意會過來時，這一天便過去了。

#176

速度彷彿加快了，不多，不是那種突如其來的加速，或讓人暈眩的驚人速度，它相當緩慢，我順應這一天，此外，什麼都不做，而在我還沒有意會過來的時候，這一天便過去了。

#179

日子在流動，而我也跟著流動。我醒來，順應著我的模式生活，而在我還沒有意會過來的時候，這一天便過去了。

#180

我數著日子。隨著日子的降臨，然後，一天接著一天消失。我在筆記本裡寫下每天的編號，而在我還沒有意會過來的時候，日子便消失了。我不知道為什麼要計算日子，但是我不敢不這麼做。我想，我還是緊抓著這些日子比較好。或許從這一系列的編號裡，我可以得到幫助。宛如一根繩子，可以讓掉落井底的你把自己拉出來。然而，如果沒有人抓住繩子的另一端，也就無濟於事。你始終還是爬不上來。

#181

這裡黑暗且平靜。或許正是因為這樣的暈眩感，消磨了時間。缺氧。空氣潮濕，而你幾乎無法相信：這一天有那麼多的細節，而時間快速消逝。你會以為黑暗是沒有細節的，但那是因為你忘了那些聲音。或是在那上面可以看見隱約的光。一小片的天空。或許，我在等待，等待繩子變得夠長，日子積累得夠多，等待湊成足夠的重量，好讓我可以把繩子往上拋，讓繩子從上面降落，往下垂到這裡，等待有人發現，並且開始把我往上拉。我還需要多少天？

#185

有時，我還是會想，也許是今天。也許我會在十九日醒來，又或許我根本不是從十九日醒來。也許在我的十一月十八日底下，躺著好幾個星期或好幾個月。也許，我只需要保持沉著，讓日子流轉。或許日子會如泡沫般滲透出去，忽然間便來到了五月或六月，而我從晨光裡醒來，為鳥聲傾倒。又或許從八月醒來，醒在夏末的一個早晨，而所有一切都有著不一樣的聲音。我將從湯瑪斯踏在樓梯的聲音醒來。那個吱吱作響的樓梯。當夏天過去許久後，老樓梯發出的那種聲響。

我忽然想起了夏日的聲音。我記得樓梯的吱吱聲。那是在空氣潮濕時不會聽見的聲音，整個冬天，這個聲音消失無蹤，但是，在夏日裡的某一天，樓梯會開始吱吱作響起來。那是乾燥的木頭的聲音，於是你得小心翼翼地——尤其是有人在睡覺的時候——上下樓。如果是在半夜或清晨，周遭一片寂靜，如果沒有謹慎且無聲地一步接著一步走在階梯上，那乾裂的吱吱聲便會填滿整個空間。那是告訴你夏天已經降臨的聲音，告訴你這階梯已經存在許久、曾經背負數個世代上上下下的步伐。當夏日結束，九月中旬或十月的某一天，樓梯的聲音便消失了，濕氣滲入了木頭裡，秋天隨著風和沉默的樓梯降臨。

此刻，我回想起一整年的聲音。想著那些消失的聲音，那些沉睡的聲音。我想要四季都醒過來。我想要一切回來，滲入我的十一月十八日。然而，除了保持沉著和讓日子流轉以外，我什麼也不能做。讓時間平靜下來，回到正常軌道。製造噪音無濟於事。如此無法讓一整年甦醒。我只能讓日子在十一月十八日底下的某處，緩慢地醒來，此外，我什麼也不能做。不需要句子，不需要編號。我需要的是安靜。噓。

#186

然而，如果不需要句子，那我為什麼要坐在桌前，書寫有關夏日的吱吱聲響呢？如果細數日子是不必要的，為什麼每個早晨在聽見湯瑪斯把水壺放在爐子上的時候，我便在筆記本寫下一個新的編號呢？

或許我的句子只是重複致電給一個無人答覆的求救熱線。試圖留言給一個永遠不會回電的人。

或許我那一連串的編號，根本不是一條可以將我從井底拉出來的繩子，或許我已經上去了，而那些編號則是讓沿著深淵漫步的我可以抓緊的欄杆。如果我失去了一天，我的欄杆便會斷裂，我就會掉下去。於是，我在每個早晨，寫下一個編號，然後沿著深淵漫步。可是我們要去哪裡呢？而什麼時候，才會有人回答呢？

#199

我曾經擔心這件事會發生，此刻便發生了。好幾次了。我開始跟蹤湯瑪斯。當客廳裡傳來音樂，我便做好外出的準備。我往超市的方向走去，如往常般採購，但是忽然間，我便走到了前往郵局的路上，他走進去的時候，我等待，接著，他出來了，我便尾隨他，幾乎要跟著他一路走到林子裡，然而我轉頭了，匆匆往回走，並且決定不要把這件事記錄下來，也不會再做同樣的事。

#204

這樣的情況，並不是每天發生。我嘗試不讓事情變成如此，然而有時我也無法抗拒。我出門購物，走在自己的路上，是湯瑪斯不會出現的路線。但是我後來卻拐個彎往鎮上走去。我去了超市。我忽然想起我們一起在鎮上的漫步，我們在熟悉的攤子購物，我們和攤販們的閒聊。這些攤販已經在廣場擺攤多年，打從湯瑪斯小時候就認識他了，他們向湯瑪斯打招呼並問起他的近況。然後我想起我們在小樓咖啡館的時光，我覺得自己應該去接他，和他一起過去，這樣我們就可以在咖啡館裡等待下雨。接著，我又想到，此刻他在幾條街外自由自在地漫步。於是，我走上了原本應該避開的路，在不該轉彎的街角轉了彎，跟隨著他的路徑，沿著街道往前走時，我看見了他，我看見他消失在郵局的黃色大門之後。我等著，退到郵局對面其中一條狹窄的巷子，透過郵局的玻璃窗，我看見了他，他走了出來。我跟在他身後，然後又忽然轉身。我再次決定自己不該這麼做。

#207

然而，還是發生了。我遠遠地跟著他，他拿著信件和包裹，我刻意保持距離，卻感覺自己彷彿還是太靠近了。即便如此，我仍然更逼近他，看著他打開門走進去。

我感覺腿軟，腳在顫抖，手也在顫抖。我忽冷忽熱，呼吸困難，幾乎頭暈目眩。我想要回頭，卻還是過了馬路，走去郵局對面的人行道上。我可以看見他在裡面。我嘗試緩慢地深呼吸。如果我稍微伸長脖子，便可以透過玻璃看見一切。他正在和櫃檯上的某個人說話，一個女人。她看起來毫無異狀，彷彿不知道自己有多幸運。她可以若無其事地和他說話。毫不費力。如此靠近。她可以看見他的臉。她可以抬頭看他。她不會暈倒。

我急急忙忙走過去，以免自己被看見。我想向前走去，然而卻還是走到了對街。我靠近那扇有著金黃色金屬格條的門，門的玻璃是霧面的，而他在門後只是一個身影，但是我知道他站在哪裡。我可以看見一個身影，湯瑪斯的身影。

我往旁邊走了幾步，嘗試向前走，但還是忍不住轉身回到門前。接著，我伸手，緊抓著門把。大門相當沉重，我感到一股阻力，但門還是打開了。他把他的包裹放在櫃檯時，我聽見那個女人的聲音，短短且柔和的一句話，我想她是在問話，接著湯瑪斯便回答了。然後，我無法繼續站在那裡了。他的聲音讓我往後退，於是我只好放開門把。我搖晃著，扶著牆，接著轉身沿玻璃窗往回走，沒有朝門內看去。

我沒有看見他走出來，我確定他也沒有看見我，因為我已經往反方向的人行道走去。但是我聽見大門在他身後關上的聲音。大門在沒有包裹的湯瑪斯身後關上。離開郵局的湯瑪斯。放開黃色金屬大門的湯瑪斯。作為一扇門。被碰觸。然後緩緩地回到原點，經過安靜的鉸鏈，閉合起來。

但是，卻不是我。我無法閉合。我沒有鉸鏈。沒有可以讓我抓緊的東西。我停下來，稍稍轉身，與此同時，他消失在街角，我就這樣站在那裡，幾乎能感到憤怒，因為我無法移動雙腳，只能轉身，看著他消失在轉角處。

他沒有看見我。他沒有看見我轉身，他沒有看見我站直身子稍後慢慢地上路，因為他在轉角處，走上了另一條路，然後繼續往林子裡走去。我沒有跟著他，因為我光是站穩就得費盡力氣。我走了幾步，然後停下來，用手扶著牆。

是失去讓我搖晃。那是對失去的一切的渴望，而我無能為力。

除非我可以滿足於聲音，如此我才能承受失去。如此我便能保持思緒的清晰，然後我才可以嘗試找到解決的方法，一個答案，一條出路。我才能坐在房間裡，讓日子一天接著一天過去。

#219

我不再尾隨湯瑪斯了。這件事後來又發生了幾次，但是，現在，我已經不再這樣做了。只有一次，我在夜間去了花園。我從客廳的窗子看見他。窗臺上放著一個半身雕像，那是湯瑪斯從他祖父那裡繼承而來，我不知道那是誰的雕像，但是我可以躲在後面。我曾站在雕像後面，準備好在湯瑪斯轉身面向窗戶時退回去，但是他並沒有轉過來，而我現在已經知道他在客廳裡是如何走動了。我看著他坐在椅子上看書。我知道他什麼時候會再次站起來，什麼時候會走進廚房。我站在黑暗中，看見他從椅子上站起來，在離開客廳前，往壁爐裡添加柴火。我看見煙囪在雨中緩緩升起炊煙。我只有往後退幾步抬頭向上看的時候，才能看見，但是只有在湯瑪斯在廚房裡的時候，我才能這樣做。這個時候，我可以向後退了，兩步、三步，也許四步，然後看見一縷輕煙從煙囪裊裊升起，在房子另一邊路燈的照耀下，清晰可見。如果我再往後退一步，就可以看見整棟房子，以及窗戶裡的燈光。我可以看見客房裡的燈光，但是裡面沒有人。

我站在花園裡的時候，開始下雨了，於是我走進工具棚裡坐著，等待湯瑪斯上樓。我坐在一個木箱上，花園的門敞開著，當光線微微改變，我就知道，他開了樓上的燈。我走出棚子，小心地打開後門，躡手躡腳地走進去，當我聽見他在樓上沖洗廁所的聲音，便立即關上門，輕輕上鎖，門鎖發出微微聲響，我再打開客房，走進去，把身後的門關上。

但是我不再那樣做了。我不再跟蹤他，也不再透過夜晚的玻璃窗凝望他。當我看見他的時候，距離感就會增強。如果我能跟隨著自己的節奏，這一天比較容易度過。他的節奏。我們的節奏。我聆聽他的舉動，讓自己隨音樂引領著過完一天。我在早晨醒來，聆聽並追隨聲音，而在我還沒有意會過來的時候，這一天便過去了。

#223

我發現了一些可怕的事情。應該說，我並沒有發現什麼新事物，因為我早就知道了，我只是發現了有多麼可怕。那是我無法解決的問題。這裡有幽靈和怪獸。湯瑪斯是幽靈，而我是怪獸。

每天傍晚，湯瑪斯冒雨回來，他會把外套掛在玄關，換掉衣服，並把濕透的衣服鋪在樓上的暖氣爐上，然後把柴火放進壁爐，點燃爐子。當他完成這一切的事情，他便會進入下一個階段。他會穿上雨靴——因為他的鞋子還是濕的，仍被擱在壁爐旁邊，而雨靴就在大門旁，於是，他穿上雨靴，打開門，走去工具棚。他在棚屋裡翻找了一會兒，我猜，他是在找鐮子，但是找不到。於是他拿起一把用皮繩掛在牆面掛鉤上的小鐮子。他取下小鐮子，走出花園。雨安靜地下著，他快步走到花園小徑，走向種植韭蔥和甜菜的苗床，將小鐮子深深插入苗床一棵粗壯韭蔥旁的泥土裡，把韭蔥從土裡挖出來，然後在石頭上敲敲小鐮子，抖落上面的泥土，最後匆忙回到棚屋，把小鐮子掛回去，再從一個箱子裡取出幾顆洋蔥，從天花板下掛著的網子裡拿了根蔥，走出棚屋，經過廚房的窗口，再走進門，把門關上，帶著韭蔥和蔥走進廚房。

這只是每日的例行公事。這些就是他一天的日常。他從花園裡取韭蔥，從棚屋裡拿洋蔥。我知道，因為我看過韭蔥土裡留下的那個小坑，也見過掛在棚屋裡的小鏟子上殘留的泥土痕跡。我聽過他在花園裡的聲音，聽見他在棚屋裡翻找的聲音，也聽見金屬敲在石頭上的聲音，因為當他在外面的時候，我便站在屋裡的另一端聆聽著。我還看到一個扁平的石頭上濺滿小塊泥土，泥土在雨水中消融。

他回到屋裡，從冰箱底部找出兩條胡蘿蔔，再找出一塊高湯塊，然後切蔥，我知道這些細節，是因為我在廚房的垃圾袋裡看到了高湯塊的包裝紙，也在廚餘桶裡看見蔥皮和胡蘿蔔皮。他煮了湯，那道湯需要韭蔥，他會把韭蔥斜斜地切成薄片，我知道這些是因為他總是斜斜地切菜，他會把韭蔥的薄片放進碗裡用水沖洗，然後用來煮湯。

這並不奇怪，除了一件事——那棵韭蔥，在每個早晨天亮的時候，重新回到土裡。韭蔥站在花園盡頭的那一排，不曾被碰觸，沒有被挖起，沒有被切片，而是準備好要從土裡被拔出來。事情就是這樣，我已經習慣了這個想法。

昨天下午，湯瑪斯外出時，我從那一排韭蔥的另一端拔了一棵韭蔥，趁他不在時把韭蔥切了，煮了水，在水裡融解了一些高湯塊，把切好的韭蔥放進去，煮好後，我在客廳的窗旁，把這碗清淡的湯喝下。

今天，那棵韭蔥不見了。當然，韭蔥必然是這樣，從土裡拔出來，切好，煮熟，吃掉。但，我走出花園，走到苗床，那棵韭蔥並不在那一排當中。我不該為此感到訝異，但是忽然之間，這一切都不對勁。當我們在一起的時候，事情就是如此。東西被吃下，就會消失。我們消耗世界。然而當湯瑪斯獨處時，沒有東西消失。是我讓它們消失。事情就是這樣。我生存在一個吞噬世界的時間裡。

沒有我，湯瑪斯的日子會重新開始，世界會被修復，韭蔥回到它的行列，而我確定，那些洋蔥也一樣。棚屋裡有太多洋蔥了，我無法算清楚，但是如果仔細研究，毫無疑問地，也是如此。如果我真的想知道，我可以去一一點算，但是沒有這個必要。我已經知道了。我知道，如果我自己從棚屋裡拿洋蔥，它們就會消失。我知道，因為我已經看透了我們是誰：湯瑪斯是幽靈，而我是怪獸。事情就是這樣。是時間造成這一切。沒有我，湯瑪斯是個幽靈，但我是個怪獸、一個怪物、一個害蟲。

我並非不知曉。我也不是沒有看見貨架被清空，但是現在這成了問題。這是關鍵。如果湯瑪斯是幽靈，而我是怪獸，我們之間的距離將比我想像中的更大。湯瑪斯在這個世界並沒有留下任何足跡，而我則吞噬著世界。他在這房子裡是一個模式，我在這個房間裡是一個怪獸。如果我進去，我們會變成兩個怪獸。我會把他拉進我的怪獸世界，我們吃的是兩個人的份量。我是那個關鍵。他是幽靈，而幽靈來了又去。去了又來。怪獸踩踏著世界而來，留下荒涼。我坐在這間面向著花園和柴火堆的房間。我做的不多。然而，我正在把世界耗盡，與此同時，湯瑪斯生存在一個自我修復的世界裡。我留下足跡。我變成了一個吞噬生物，在一個有限的世界裡的怪獸。一群蝗蟲。我的這個小小世界，還能支撐我多久呢？

#224

我再也無法繼續在這一天裡流動。這一天彷彿變得太小，又或者是我變得太沉重。我彷彿變得巨大而無形。怪獸無法在日子裡來回流動，怪獸無法隨意漂浮。怪獸無法奔入一天裡的空蕩角落。只能氾濫。越變越大。無法隱藏在世界裡。怪獸咆哮著。踐踏。無法安靜。無法參與一個無聲家庭管弦樂團的演奏。怪獸，是緩慢而沉重的。這一天開始變得緩慢。我流動著。我無法流動。是我，降低了速度。

#225

後來，我想，或許，我們兩個都是幽靈。我懷抱著希望這樣想。或許這一切都是幻覺。我是幽靈，卻以為自己是怪獸。湯瑪斯是幽靈，卻自以為是人。我們是同類。我重新思考。我懷抱希望。我們住在一個幽靈的世界。我們留下了幽靈的足跡，消失了又重現。我們是同類。並非怪獸，亦非人類，只是幽靈，卻誤以為自己是怪獸或人類。我們毫無目的地漂流，抑或，我們為彼此而漂流。

又或者，我其實正躺在巴黎一家飯店的床上，夢見自己是一個怪獸，在靜止的時間裡，吞噬了自己的世界。我什麼時候會醒來呢？請叫醒我。

#226

但是，一切都是徒然。我無法想像這一切只是我的夢。如果我開始相信這一點，便會以其他場景來填滿我的世界。我會想像我們兩個都死了，而這一切只是漂浮的靈魂的幻想；或者我也能想像成，是湯瑪斯很久以前就離開了十一月十八日，他丟下了我而獨自前進。他去了十九日、二十日，去了十二月和一月和二月。我則在一個充滿暗影的世界裡徘徊，而其他人，彷彿時間完好，毫無毀損，繼續前進。

然而，他怎麼可能已經前進了呢？他還在這裡。我可以聽見他在樓梯間。他在這裡，但我們不再是一個管樂團。我們不是同類，因為我是怪獸，我正在耗盡世界。

我可以感覺到這一天的緩慢。我不再是流動於日子裡的液體，我無法填滿空隙並流向翌日。我們不是整天演奏的管樂團。我們不是在一間房子裡翩翩起舞的兩個人，我們不是有著相異夢境的兩個幽靈，我們不是音樂，我們是怪獸和幽靈，我越變越大，可以感覺周圍的牆壁正向我靠攏，而此刻我再也不確定，這裡是否還有容納我的空間。

#227

詞語是關鍵。起初，我們像是身處霧氣朦朧風景中的一對戀人。一趟暈頭轉向的旅程。在十一月十八日這一天，我們購物、在某處喝咖啡。我們煎荷包蛋，從超市的貨架拿下柳橙巧克力，物品消失了，而我是一個害蟲、一個吞噬自己世界的怪獸。我從花園裡收割蔬菜，花園就消失了。我不斷咀嚼。嘎吱作響，口沫橫飛。嘴角流著唾液。流到下巴。垃圾堆積如山。貨架越來越空。怪獸繼續放肆，日復一日。嘎吱嘎吱，咕嚕咕嚕。當我在咀嚼著脆餅的時候，我聽見腦海裡的聲音。你聽起來像匹馬，我對自己說，像一匹在咀嚼著胡蘿蔔的馬。一隻在咀嚼著乾糧的貓。一隻在啃著大骨的狗，一隻在餐碗旁的兔子，一群在樹林裡和田野中不斷咀嚼的昆蟲。以上皆是我，我是一群正在進食的生物。嘎吱嘎吱，咕嚕咕嚕，咕嚕，咀嚼著。一座動物園、一個擁擠的馬廄、一窩嗡嗡作響的蜂。

我聽見湯瑪斯正在上樓。他沒有留下痕跡。他買了又買，但是沒有什麼影響。他切麵包和韭蔥。他帶著窸窣作響的塑膠袋出門，他在屋裡進進出出，他的腳步踩在每一個階梯上，然而，他彷彿不曾在這裡出現過。我聽見他在廁所的聲音。一個站著撒尿的鬼。純粹是一個撒尿的魂。這是一個什麼樣的世界？

詞語造成了差距。我想到了「怪獸」，體型便變得巨大了。現在的我是什麼呢？我是怪獸還是身處房間裡的人呢？我是害蟲還是一個有著雙腳和太多時間、具有思想的生物？我聽見了什麼？是聽見了我的情人在撒尿嗎，聽見一個人站著撒尿嗎，是聽見我的丈夫在撒尿嗎，還是聽見了一個幽靈撒尿的聲音嗎，我究竟有沒有聽見聲音？不多。這裡很安靜。他沖水了，水箱滿了，水管嗡嗡作響了，畫面完成了。他稍停片刻，或者他蒸發了，如純粹的意識、活生生的空氣。但是，我希望當他下樓時，很快又可以再聽見他的聲響。

是我的心情為我選擇詞語。我有情緒。情緒可以用來做許多事。可以從一整個調色盤上選擇詞語，可以把語言稱做調色盤，可以給予事物顏色，儘管事物原本並無色彩。我沒有和任何人對話，但是我的世界擁有了越來越多的細節，我從一個充滿許多聲音的世界裡攝取詞語，我從一種可以提供色彩和感染他人的情緒中尋找詞語。然而，當你為事物上色，事物便會開始占據空間。調色盤被顏色溢滿。過多的詞語導致日子停頓、變得沉重而更加緩慢。

而此刻，那個撒尿的幽靈下樓了。

#228

我現在會去更遠的地方採購。我不能一直在克萊門丁吉魯街上的超市買東西。我已經看見後果了：空蕩蕩的貨架及冷藏櫃裡空出來的位置。這不是什麼新鮮事。早在那段迷霧般的日子裡，這件事已經發生了，有據可查，已在那段被觀察的日子裡實測並記錄在案。然而，現在，我經過的所有地方，我都可以看見痕跡。有更多的物品消失了。焦糖巧克力被吃光了。有些麵包籃已經空了，麵包部最底層的貨架只剩下被空氣包圍的兩包義式脆餅——因為其他的都被我拿走了。許多品種的起司也已經從展示櫃裡消失，蔬菜部缺少了番茄，貨架上的缺口再也不容忽視。這些缺口是我造成的，日復一日，緩慢形成。

我嘗試擴散我的採購路線。我找到之前不曾光顧的商店。我改變習慣，開始吃一些平時不吃的東西。我以數量最多的東西和最滿的貨架為依據，購買不知名品牌的魚罐頭，奇怪的袋裝高湯粉湯塊，或者沒吃過的餅乾。

我考慮未來。我開始查看還有蔬菜的花園和苗床、還結有蘋果的蘋果樹、尚未被摘採的葡萄，即便現在是十一月。我偷瞄著花園核桃樹下的泥土。我尋找那一塊不會被使用的世界。依舊豐盛的世界。我開始想像未來，我是漫遊者，從一個地方走到另一個地方，一個這裡摘摘那裡採採的流浪漢，這裡買買，那裡買買，然後繼續上路，幾乎沒有留下任何痕跡。我想，這種情況會持續一段時間。未來還有許多十一月十八日。我知道如果不開始為花園裡的一切做準備，我最後可能會去偷吃鳥兒們、蟲子們的食物。然而，我也想著，如果無法讓時間的缺陷消失，這一切都不會改變……我發現我想太多了，於是不再想了。

#229

偶爾，我會考慮搬到別的地方居住。我想起了湯瑪斯的祖父，他從未搬離和湯瑪斯的祖母一起居住的這棟房子。他去世前獨自在這裡生活了十七年。他過著一樣的生活，跟隨著一樣的節奏。他種植的蔬菜種類和數量都一樣，遵循著一個至今仍掛在棚屋裡、我們一直努力遵循的方案。從種植胡蘿蔔巴西里改種玉米和櫛瓜，再從玉米和櫛瓜改種豆子和豌豆，隔年種植韭蔥和甜菜，再隔一年或許種植捲心菜。他每年都會向湯瑪斯解釋一切，後來我們探訪他時，他也會向我解釋今年的收成情況，對明年的輪替又意味著什麼。土壤如何適應不同的農作物，不同的農作物間如何相互適應，植物之間的相互陪伴，植物之間的敵友關係，金盞花如何有益，以及適合獨自栽種的蒔蘿和茴香。即便湯瑪斯之前已經聽過無數次，仍會耐心站著聆聽。當老謝爾德獨居時，他不得不向親朋好友提供蔬菜，因為花園裡的蔬菜太多了，一個人根本吃不完。

然而，這些後來少了另一半的夫妻，如何一直住在同一棟房子裡？他們如何年復一年過著同樣的人生？同樣的房間、同樣的日常。他們如何做到？他們是否因為在同樣的房子裡，所以做著同樣的決定呢？他們會回到單人房裡嗎？他們是否也坐在這裡，忽然間覺得他們可以聽見死者四處走動的聲音？靈魂是距離我們太近或是太遙遠？他們是否能聽見遠處的腳步或一隻手掌或衣袖擦過壁紙的聲音？他們會不會覺得屋裡有鬼？當另一半停止進食，他們是否會覺得自己是個怪物？他們會認為依然存在於這個世界的自己是個錯誤嗎？他們是否認為自己必須耕耘土壤，繼續讓花園長出根莖、水果和蔬菜？

但是我無法耕耘土壤。我僅僅擁有一個雨天。我無法收割任何東西。我無法播種。沒有什麼東西會萌芽或生長。我的四季已經消失了。日子不會帶來任何收穫。日子只是流動，而我尾隨其後，噬食我的世界，並聆聽著屋裡的幽靈。

#230

我不知道房間裡是否有空間容得下一隻怪獸。我不知道是日子變慢了，我的世界縮小了，抑或是我變大了。我不再像之前那樣輕鬆地度過這一天，我的一舉一動都在製造噪音。我在房間裡的聲音不是音樂，我不是無聲管弦樂團的一部分。屋裡有湯瑪斯的聲音，客廳裡有音樂，但是我沒有參與管弦樂的演出。

我不再跟著湯瑪斯了。他走著自己的路，穿越樹林、沿著河岸散步。他冒雨回來，我則坐在房間裡。偶爾，我抬起目光，會看見一個影子，打開門，然後再關上。

#232

昨夜，我忽然有了想出去的欲望。不是因為我想透過玻璃窗觀望湯瑪斯。夜已經深了，他早已入睡。因為喝了比平日更多的茶，我想上廁所，從一個夢裡醒來，夢裡，我到處找廁所，可每次找到廁所，裡面都有人。門都是半掩著，我以為沒人，但是當我把門推開時，每一個馬桶上都坐著人。

我從夢中醒來，走到窗前。我想看看是否在下雨。沒有下雨，雲散開了，天空寬闊無雲，你可以看見月亮，與平日無異，還是那一輪月，只是漸虧而已。月亮沒有改變，我不再相信自己曾經看見月亮的變化。天空還是一樣，在夜間發生變化，但是隔夜，一切又會變得一模一樣。

忽然之間，我很想走到外面。我拿了一張毯子和被子，走到花園棚屋裡，在一張花園椅上找到了一個椅墊，把椅墊和毯子與杯子一起放在後門前的階梯上。我躲到菜園裡的鵝莓叢後尿尿，然後坐在階梯上，背靠著門，把毯子和被子包在身上。一朵新的雲朵飄到月亮前，當雲朵繼續移動，月光在黑暗中照亮了我的被子。

風靜止了。那個我夜復一夜聽見傳出滾動聲的塑膠花盆依舊躺在屋旁的石板路上，但是此刻幾乎一動也不動。我應該不曾在這個時間出門，因為過去從未聽見那麼多的聲響，而比起過去外出的夜晚，此刻看到的天空更為開闊了。大約有一小時的時間，我看著雲彩飄過天空，在雲朵和雲朵之間，顯露出一大片又一大片的天空。

我偶爾可以聽見車子的聲音，有時就在附近，但多數是遠處傳來的嗡嗡聲，此外並沒有太多其他的聲音，只有樹枝間隱隱約約的沙沙聲，和花盆輕微的碰撞聲。躺在那裡的花盆，安靜地發出低調的不安，那塑膠碰撞的聲音，忽然讓我覺得大受干擾。

但是，我還是睡著了，我坐在那裡，背靠著緊閉的門，身上包圍著被子。我想必是在睡夢中移動了，因為我的頭忽然撞在門檻上，醒了過來。天還是黑的，但是我匆匆收拾好一切，悄悄地回到了床上。現在，我醒了，迎接早已展開的一天。

#233

有些安靜的狀態，是我身處黑暗時才會發現。我再次從深夜裡醒來，渴望著仰望夜空。這次，卻感覺花園已經有了變化——我坐了一會兒才意識到，是花盆在風中滾動的聲音消失了。

同時，我也想起來，當我夜裡從外面回來時，在我把椅墊重新放回花園棚屋裡的椅子時……我沿路把花盆撿起放在棚屋裡的一個架子上，當時我半睡半醒，記不清楚，於是我起身去查看，確實如此，花盆在棚屋裡，或者應該說，花盆在一個箱子上面，箱子裡還裝著繩子和園藝手套，以及裝著種子的小袋子。

我回到階梯，再次用椅墊和被子布置好，另外找來一張舊毯鋪在地上以防濕氣，然後重新坐在上面。我有點訝異，花盆並沒有重複十八日的情形——在石板地上來回滾動。這一切都與我無關，花盆一直都在那裡自顧自地嘎嘎作響，為什麼會停止了呢？我確定，我和湯瑪斯一起在我們調查的日子裡，曾經有一次把花盆撿起來放進棚屋裡，我也非常確定，花盆在隔天便回到了原本的位置。但是這一次，花盆允許自己被移動，它讓我阻止了它在石板地上的行動，非常明顯地，它的聲音消失了。

我很快就放棄尋找解釋，回到夜空那可預測的模式。天空有某種安全感。不像書本或花盆。不像橄欖罐頭或包裝餅乾。你對這一切無能為力。天空值得信賴。它沒有變化。我無法影響它，也不能摧毀它。它不讓我闖入，它不在乎階梯上的怪獸。天空充滿了動態，充滿了那些物體的穿梭，但是沒有任何吵鬧的聲響。即便有任何聲音，來自天體的和聲或天籟之音，也不會傳到這裡。距離實在太遙遠了。

我觀賞著星星和那一大群雲朵，我覺得已經可以認出它們的模式。一片雲彩掠過月亮，同時，一大片雲從路的另一端的樹梢上出現。一個雲團，一朵雲，再一朵雲，兩個雲團，兩者合而為一地飄動。我覺得我曾經看過這個景象，就在這時，一朵雲接近了位於遠處電線桿上的月亮。雲朵飄過，沒有碰觸到月亮的上緣，我坐在我的位置觀望，非常確定這些雲朵的移動和前晚一模一樣，只是少了花盆的聲音。

天空有其模式。一再重複。讓你有種歸屬感。你可以在黑暗中坐在階梯上看著，或者站在草地上，在一個巨大的空間裡當一隻小小的怪獸。我可以感覺到天空如何把我的怪獸斗篷掀走。我變小了，而被我攜帶著到處去的那一小片世界，幾乎變成了虛無。天空是龐大而無可觸及的，宇宙敞開，你成了一隻毫不起眼的怪獸，小小一口，咬下了這巨大的世界。

我在那裡坐了許久。清醒且溫暖。我看見了成群的雲，成團或獨自漂流。清晰或者柔和、邊緣模糊不清的無形物體，獨自或成對地穿越夜晚，掠過那些我不認識的星星。

天空敞開了胸懷，真好。世界恢復了均衡，真好。世界不允許自己被在夜間四處遊蕩的小害蟲所干擾。真好，你知道有一個可以允許你一事無成的所在，真好。

我應該更仔細地仰望天空。我想要了解天空。我想要名字和模式。真好，我可以夜夜都回來這裡。我可以了解天空。我不可能破壞機制。真好，世界靜止著。

#234

我怎麼可以說，世界的靜止是件好事呢？我怎麼可以說，世界的如如不動，我的一事無成，以及什麼事都沒發生，是一件好事呢？怎麼可能是好事？湯瑪斯漸漸地被帶到越來越遙遠的地方，而我們不再相隨，這怎麼會是一件好事呢？我怎麼可以這樣說呢？或許我在書寫之前應該妥善地思考。思考什麼都好。在這裡。

#245

今天，我買了一個望遠鏡。湯瑪斯第一次外出時，我便出了門。當然，克萊龍沒有任何地方能買到望遠鏡。即便如此，我還是去了環城公路附近的電器中心，但那裡的人卻告訴我，望遠鏡不是最暢銷的物品。我可以買平面顯示器，可以買喇叭和家電。我可以買筆記型電腦、手機和數位單眼相機。如果想要的話，也可以買攪拌器或優格製造機。我可以買電水壺或電爐，但是這些東西，我很久以前就在鎮上的五金店買了。

我不習慣在環城公路附近走動，因為我已經許久沒有離家那麼遠，我平日只走到小鎮中心，走到樹林邊緣的那條路上。我兩手空空，離開商店，準備放棄計畫回家，但湯瑪斯早就帶著塑膠袋回去了，要在不被聽到的狀況下進屋，有點困難。

於是我轉了彎，往車站走去。天空下著小雨，我撐起傘，忽然想起在第二個十一月十八日那夜的漫步。我肩上揹著同樣的包包，現在的包包輕盈多了，因為裡面沒有書。書被我留在屋裡。忽然間，我有點疑慮，我正在離開的路上，我把湯瑪斯和書遺棄在屋裡。我想了想，有什麼值得我回去呢？當我抵達車站時，通往里爾的下一班車還有四分鐘就要出發。我連忙在自動販售機買了票，匆匆走到月臺，還未來得及改變主意，我就跳上了火車。

火車半滿。那天上午，從克萊龍往里爾方向的人並不多。我並沒有在外表花費太多心思。外出時，偶爾，我會從商店的玻璃窗上瞄一眼，只為了確定自己看起來像是個人，但我從未想過自己忽然間就坐在火車上另一個人的對面。這不是街上和你擦肩而過的路人，或者快速詢問問題處理例行事項的售貨人員，而是一個擁有時間的人。一個坐在我面前的人，也許他的臉正朝向我。我感到突如其來的恐懼，並且後悔上了火車。

幸好，我選擇的車廂裡只有三個乘客，有足夠的空間給我們三人。我選擇的位置，只能看到其中一人的手臂以及另一個人的行李，看不到他們的臉。但是在抵達第一個停靠的車站之前，我還是去了一趟廁所。我必須確定自己看起來很正常，看起來像個人類，而不是怪獸、正要去執行可疑活動的生物、一個來自其他星球的訪客，或者身處在不同時區的人。所幸，火車上沒有太多旅客，我毋須感到不安。

在里爾，我忽然感到奇特的歡欣。抵達後不久，我找到了一家觀鳥設備專賣店，那裡有觀鳥望遠鏡和書籍，還有相機和各式各樣的望遠鏡。我已完全無需考慮經濟因素，非常想買下一臺先進的望遠鏡和一個長焦鏡頭的靜音相機，但是我壓抑住了那瘋狂的欣喜，最後只買下一臺實用的望遠鏡。當我在店鋪外猶豫著要不要走進去、另一位顧客已為我打開門的時候，我便已經在窗外看見它了。

當我向店員表示想要一臺不太複雜的望遠鏡時，他告訴我這臺望遠鏡適合初學者，而且品質不錯。他說，這臺望遠鏡能持續長時間使用，是不錯的選擇。我看起來大概像是一個理智的人，但是我對自己的感覺卻不是如此。如果不是因為過於顯眼，我其實極想買下他們的許多器材，我可以開始拍攝或觀察鳥類，或者使用精密的顯微鏡研究世間萬物。我明顯地屬於另一類群體，遲疑但理智，並不過於熱切，也不急於以最精準的方式觀察世界的現象。

作為我明智購買的獎勵，店員給了我一本天文地圖，裡面有對星空和天體的簡短介紹，這些星星和天體，都可以透過我買下的這款普通望遠鏡看見。我沒有告訴他，我已經有了公元一七六七年版的《天體》。我不覺得他會認為這本書仍合時宜。

我付了錢，準備帶著望遠鏡離開店鋪。那臺望遠鏡已被拆封、展示、拆卸，連同一支三腳架和其他配件一起收納在一個有著奇特喇叭形狀的運輸箱裡，雖然看起來有點張揚，但是易於攜帶。離開時，我猶豫了一下，接著放開店門把手，轉身請求店員讓我把望遠鏡寄放在店裡的一個角落，我想先去購買其他東西。店員同意了，於是我重新回到街上。

我用接下來的幾個小時迅速地採購補給品，這是我在家的那些日子裡不曾有的經歷。我去了七、八家商店，買了許多不同的咖啡和茶，還買了油封鴨、魚罐頭、幾包還有好幾個月才到期的乳酪，以及一些長時間熟成的特別乳酪，乳酪商表示，這些乳酪即使不放冰箱也都可以保存好一段時間。在一家健康食品店，我買了一些罐頭和玻璃罐裝的蔬菜抹醬。我買了杏仁、堅果和瓜子仁。還買了盒裝和罐頭的豆子、豌豆和玉米，而每買一樣東西，我都為對世界糧食庫存造成的微小影響感到寬慰：經過我的掠奪，商店看起來並沒有明顯的變化。

我在一家文具店買了一本筆記本，精裝，橄欖綠帆布封面。內頁有行線，書背用線縫合。筆記本尚未被開封，但是我感覺自己正在朝某個新的方向、一件尚未開始的事物前進。

結束以後，我用我的信用卡盡可能提取了一大筆現款，接著叫了一輛計程車，把買來的所有東西塞進車裡，請司機開到我寄放望遠鏡的店鋪。我把望遠鏡包好，放入後車廂，然後請司機開到克萊龍，車程約莫超過一小時，一路上的景觀交錯著陽光、灰濛濛的天氣和幾場小雨，我們及時抵達，湯瑪斯尚未回到家，大雨未降，天尚未全暗。

我付了計程車資後，回到家裡，開始把袋子搬進玄關，再搬回房間。屋內非常寒冷，壁爐裡的餘燼如往常般燃盡，也沒有人開暖氣。我把恆溫器調得比往常更高一些，因為我忽然覺得很冷。

我在床底下找到兩個裝有備用床單被套的塑膠收納盒，我把它們取出，放在床邊書架最底層的架子。我把採購的東西盡量塞進收納盒裡，其餘的東西都放進一個從花園棚屋找到的紙箱裡，然後把所有東西重新推回床底。

最後，我把塑膠袋整理完，天開始暗了，下起雨來，我回到房裡。從窗口望出去，可以看見鄰居沿著花園盡頭的樹籬走來。稍後，我聽見湯瑪斯回來了，瞬間，我便看到玄關的燈光從房門底滲透進來。

經過了充實的一天，我累了，但那是一種奇特的、精力旺盛的疲憊感。我的大腦在轉圈。那種感覺像是我改變了速度和方向，尤其是尺寸。我找回了我原來的比例。我不知道那是因為我在夜間仰望天空，還是因為我去了更遠的地方，我搭乘火車，在不知名的街上漫步。或許僅僅是因為，我分散了我的採購模式，在巨大的世界咬了小小的一口。以這樣的規模來看，我想，我並沒有從這個世界攫取太多，感覺自己輕盈了許多，也更靈巧了。我可以轉換方向。如此小的一個怪獸。我對世界帶來的是如此微小的影響。一個人在十一月十八日的舉動，並沒有太多的意義。

#246

我的採購成功了。今早我醒來時，東西都在：床底下的收納盒是滿的，一袋袋的茶和咖啡都在桌上，電水壺的後方層層堆疊，我的庫存滿了。我感到平靜無憂。世界還在，我想，應該幾乎看不出來外面有隻小害蟲正在肆意掠奪。

唯一消失的，只有我的綠色筆記本。我把筆記本放在桌上，準備寫下句子、觀察和思考。療癒的句子、破碎的句子；疑惑和遲疑，疑問與擔憂，希望與心情，色彩，什麼都好。這本來應該是一個新的篇章。宇宙裡一個微笑怪獸的一生。現在，我不確定是否有什麼新的事物已經開始，或者即將開始，但是我知道，我應該要更仔細地觀察天空。

#251

過去的幾個晚上，我都帶著望遠鏡去戶外，深夜，正是觀測天空的最佳時刻。空氣涼爽潮濕，但是天氣晴朗，一兩個小時後，天空便清澈可見。

外面很冷，我從臥室櫃子底部的抽屜拿出一件羊毛洋裝。我找到了圍巾和羊毛褲。夜裡，我很早便上床睡覺。睡了幾個小時，夜深了，不久，我便醒了。我等待著，直到確定樓上的房間一片寂靜，便做好外出的準備。悄然無聲，或者幾乎無聲無息。我帶著望遠鏡，穿上羊毛洋裝和羊毛衫，帶著一張毯子，讓我在觀察十一月十八日的天空之際，可以保暖。

#256

我找到了度過這一天的新方式。我睡得很晚，直到湯瑪斯出門後才起床。我在客廳坐了一會兒，在房間坐了一會兒。我打開罐頭和袋子。我把堅果和焦糖從床底的收納盒找出來。我多麼希望邀請湯瑪斯來參加這場派對，然而還得告訴他這兩百五十六天的一切，太花時間了。

夜裡，我很早就去睡覺，為深夜做好準備，但是在那之前，我也為和天空的見面做好安排。我打開天文地圖，研究恆星和行星。我在客廳的書架上找到了老謝爾德的星圖。星圖可以按照整年時間的輪替而旋轉，讓你找到自己所在的天空。我知道有這樣一張地圖，從里爾回來的隔天就從客廳的書架找了出來。我把星圖設定在十一月中旬，花了幾天時間才設定好，現在星圖不會在夜裡倒轉了。之前一直轉回春天的天空。那肯定是因為最後一次被使用就是用來觀察春天的夜空。湯瑪斯和我曾經去拜訪他的爺爺，那時我們觀察了春天的星座，或許那次之後就不曾再被使用過。我已經不記得當時老謝爾德為什麼把他的星圖找出來，也不記得當時想在天空上觀察什麼，但是我記得他在星圖上旋轉，好讓我們可以觀賞並辨認出夜晚的星星。這似乎像是另一段人生的事了，彷彿是另外一片天空，一個隨著時光流逝而改變的天空。但現在我不需要一個會旋轉的星圖，我只需要秋天的天空。

#259

在夜裡出門，我開始感覺到一種歸屬感。我抬頭往上看，會感覺這裡就是我住的地方。十一月十八日，一片潮濕的草地上。在月亮和恆星和行星底下。我住在地球衛星之下，又大又近，那裡有著灰白色的景觀，隕石坑和著陸點遍布。我住在土星之下，微弱的光環如同薄霧圍繞著它。我住在木星和其所有的衛星之下。透過望遠鏡，我可以看見其中的三顆：伊歐（Io）、歐羅巴（Europa）和蓋尼米德（Ganymedes）。卡利斯托（Callisto）躲在木星背後，我無法看到，而其他較小的衛星，我的望遠鏡無法看見。但是我發現了其他的天體、各種形式的恆星，我發現了小而密集的星座和巨大的孤獨光點。我找到了卡斯托（Castor）和波魯克斯（Pollux）。我在獵戶座下走動。我發現了獅子座流星群突如其來的流星雨。我找到了天空中的那一處，星星們從那裡發出微小清晰的光線。不斷重複，值得信賴，我可以站在草坪上，我可以調整望遠鏡，看星星輕輕劃過望遠鏡的開口。我住在昴宿星團底下，星團高高在上，微小如豆，我向後靠，調整望遠鏡，在雲彩掠過天空時轉動著望遠鏡。

我在外面待到夜深，覺得自己屬於這裡，我向南望，向北望，向東望，向西望。我在星空下呼吸，找到星座，專注觀察。然後，我回到屋裡，躺下睡覺。我在星空下的房子裡呼吸，沉睡一夜之後，從房內的聲音裡醒來，心想，屬於天空的時間，很快又會降臨了。

#262

每一個夜晚，當我看夠了天體後，會把望遠鏡和毯子小心翼翼扛進屋，放入房裡，關上通往花園的門。我會以微小的「咔噠」聲將門上鎖，走進房內，再把身後的房門關上。

我會站在草坪上看著天空，但是最後總會回到屋裡。回到湯瑪斯入睡的房子裡。我會非常安靜，因為他的模式會被驚醒，會被我擾亂，我對於自己的一舉一動十分小心。住在這裡的是湯瑪斯，而我，只是一個訪客。

白天，我會跟隨著聲音。湯瑪斯為他的房子建立了一個模式。當我從巴黎返回的時候，這個模式已經存在。或許更早，我這樣想。這是他的模式，而我不屬於這裡。我們在一起的日子打破了他的模式，但是我不再這樣做了。我傾聽，並且矯正自己的位置。我聽見水管裡的聲音。熱水壺在爐子上的聲音。我聽見雨聲，廚房和客廳裡傳來的聲音。對湯瑪斯來說，這只是被安放在另外兩個日子中間的一天，然而，對我來說，他這簡單而平凡的一天就是一種模式。他執行動作、休息，他會留在屋內或出門，他會發出聲響或變得安靜。我陷入了他的框架裡。他並不知道。我聆聽並找出通往他的一天的路徑，而夜晚，我為星星們整裝。我穿上羊毛衣，披上毛皮，我為黑暗整裝，站在草坪上仰望天空。接著，我再次回到屋內，關上門，躺在已經帶有涼意的床上。但是，沒關係，我穿著身上的衣服直接躺下，拉上被子，把自己包起來。

我躺在客房裡，因為我是一名訪客。我躺在床上，因為我是沉睡之人。我看過了天空，而我在星空下感受到歸屬感。我開始熟悉天空。我究竟是一隻看星星的綿羊，還是一隻披著羊毛的小小怪獸？

#274

望遠鏡是個錯誤。或者應該說，如果我相信這樣就能令怪獸縮小，這件事便是個錯誤。

每一個深夜，我都會出門。我覺得自己屬於這裡。我住在黑暗裡，我站在外面，確信仰望天空那令人暈眩的浩瀚會讓自己變得渺小，可事實並非如此。尤其當你有了望遠鏡之後。你擁有了巨大且貪婪的眼睛，你介入，你侵略。你干涉了天空的事務。我可以感覺到，當我對天空了解越多，當更多的恆星被賦予名字，當我越常觀看月球的表面，我就變得更龐大。我入侵太空，我占據了世界。這是成為怪獸的另一種方式。在黑暗中。在花園裡。帶著貪婪之眼。一隻披著羊毛的怪獸。

某夜，我從草坪走進屋內時，有了這樣的感覺。天空不再讓我感覺自己是一隻渺小的怪獸。我可以感覺房間從周圍緊逼而來。宛如就快穿不下的衣服。童年的冬天外套，在春天降臨以前就變小了。我想起本來應該繼承我的外套的妹妹，想起外套磨損的內襯，想起肩膀上緊繃的感覺。

但是我在外套裡繼續長大，袖子開始變短，內襯開始破損，而妹妹幫我把破洞撐得更大，因為，如果外套在春天來臨之際依舊完整，就會被保留到秋天，她就必須繼承我的外套了。她希望自己能擁有一件新的外套，而不是我的舊外套。於是我們聯合起來，這裡撕一點，那裡扯一下，當春天降臨時，外套已經破損得無法再使用，於是我們兩人都得到了新的外套。都是藍色的外套，大的那件是我的。袖子有點過長。但是當冬天來臨前，我已經長大到可以穿那件外套了。

如今房子裡的房間正在緊縮，房間幾乎容納不下我，所以我有時會在鎮上四處閒逛，企圖尋找新的住所。

#276

克萊龍有空置的房子。有些出租，有些出售，有些僅僅空置著，因為居民十一月十八日這一天不在家。

我不知道這樣對我有什麼幫助，但是我開始進一步觀察這些房子。偶爾，我會在晚間的街上漫步，或者在暮色中撐著傘到處走走，看看這些房子裡是否亮著燈。然後，夜再深一點的時候，我便再次出動。我溜出屋外，四處查看那些黑漆漆的房子是否依舊黑暗。我走進這些房子的花園，在棚屋裡、石梯的燈籠下，或後門的花盆下尋找鑰匙。運氣好的時候，我可以在半夜走進陌生人的家，然而始終未能找到一間可以住下來的房子。

#279

今天我去拜訪了一間位於查理曼路上的房屋仲介。湯瑪斯第一次外出時我便出了門。我先去拜訪了米尼奧萊廣場上的房仲。我詢問有關我在夜間探訪的那幾間房子的狀態，其中有兩間正在出售，但是我不覺得這兩間的地點適當。我在查理曼路上的房仲那裡找到了更多物件，並請房仲帶我參觀其中一間，但是房仲沒有時間。他建議我預約明天的時間再過來，我告訴他明天沒有辦法來，他建議，如果我想四處看看，可以先借鑰匙給我。我同意了。我借了鑰匙，走入雨中，很快地找到了那棟房子。房子位於埃爾米塔什街，是通往樹林、河以及老磨坊的道路之一，不是湯瑪斯散步時會走的路線，距離他的路線有幾條街遠。

那是一棟有著淺灰色外牆的水泥砂漿屋。有廚房與衛浴，冰箱、爐子和電水壺，樓下是客廳，樓上是房間，有桌子和床和所有必需品。很明顯地，這裡已經很久沒人居住了，冰箱的門為了避免發霉已被敞開，床也沒有鋪上床單，但是除此以外，這裡有我需要的一切。我在房子裡四處逛了大約十來分鐘。我只需要把自己的床單帶過來，我的包包，我的書，我的衣服。還有望遠鏡。我可以就這樣搬進來。一切都不會太困難。

回去的路上，我繞道找了一個鎖匠，複製了一把鑰匙。我意識到搬家是如此輕而易舉，但，我想，要從湯瑪斯身邊搬走仍然會是非常困難的一件事，儘管我擁有的，只是那些聲音。

把鑰匙交還給房仲，我回到了埃爾米塔什街的那棟房子。我自己打的鑰匙可以開門，我走進客廳，那裡有一點點霉味。暖氣停了，所以水箱也不再運作，但是仍有電源，我可以買一個電暖爐。我坐在那裡的時候，天空開始下起雨來。雨聲聽起來和在家裡時不一樣，也許是因為屋頂的坡度不一樣，也許是因為風向，我不知道，但是雨聲聽起來沒有那麼隆隆作響，也許還更柔和一點。此時是中午，我可以察覺出雨的間歇。從廚房望出去，可以看見田野，另一邊是灰色的小庭院。我沒有看見鄰居。基於房子的位置，即便我搬進去，也不會有人注意到我。

#281

昨天，我又去拜訪了一家房仲。她帶我去參觀了一棟我想看的房子，並向我建議了幾棟馬上就可以去參觀的物件。其中一個地方，鑰匙就放在一個花盆底下。這房子比埃爾米塔什街的那棟房子更好，屋內沒有霉味，但是鄰居過於靠近，從他們的客廳望出來可以看到這裡的廚房。如果有人搬進來，他們會感到好奇。我不想要好奇。

另一棟房子，房仲從屋外一個棚子的掛鉤取下了鑰匙，棚子裡堆滿了柴火。我想著，在這裡，我可以點燃壁爐，然後拿本書，坐在客廳裡，但不久後柴火就會被用完，我會看著柴火一點一點地消失，我會看著時光流逝，看著這隻怪獸吞噬世界。最後我選擇了埃爾米塔什街的那棟灰色房子。我買了一個電暖爐，從我在床底下的收納盒裡打包了一袋糧食。我把望遠鏡放進袋子，把一疊紙放進一個在辦公室裡找到的黑色紙板文件夾。趁著湯瑪斯外出，我收拾了衣服，把客房書架底層的床單被套取出來，再把我的那疊書和客廳書架上的幾本書都放進包包，然後把所有東西都搬去我的新房子。接著又回到自己的房間。

我感到困惑。我坐在房裡，感覺到心中的猶豫緊逼而來，而一整個晚上，我有好幾次幾乎要站起來，打開門，走到走廊，敲開客廳的門，把一切都告訴湯瑪斯，也許請他陪我一起搬出去，也許建議他和我一起離開這裡，但最後我只是考慮著在進去客廳前是否該敲門。我不知道為什麼感覺自己應該先敲門。怪獸會敲門嗎，或者直接破門而入？彷彿被一個有禮貌的怪獸拜訪就不那麼可怕似的。

#288

我坐在埃爾米塔什街的灰色房子裡，剛剛讀了一本從閣樓一箱書裡找到的舊園藝書。有關實用花園的章節其實沒什麼用，因為十一月十八日無法培育蔬果，而且這棟房子也沒有花園。這裡沒有一整排的韭蔥和甜菜，花園棚屋裡也沒有一箱洋蔥，更沒有在牆上懸掛關於作物更替和輪作的計畫。我不必想著現在是十一月，而我的四季已經消失了。我不必考慮到自己是客人，因為屋裡沒有人在家。當我安靜地坐在廚房的桌旁，樓梯間和地板都沒有傳來腳步聲。我聽不見手掌或衣袖擦過牆壁的聲音。我聽不見熱水壺在爐上煮水的聲音。我打開冰箱，門會無聲無息自動關上，只有在自己用水的時候，才會聽到水管裡的嗡嗡聲。

我獨自一人。我獨自一人，而我很安全。我很安全，不受嗡嗡聲和流水聲的影響，不受劈啪聲和沙沙聲的影響，不受冰箱門碰撞桌角的影響，不受來來去去腳步聲的影響，不受鏗鏘聲和嘎吱聲的影響，不受開門關門和碰撞聲的影響。但是我無法躲開雨聲。我可以聽見雨下在屋頂上的聲音，當雨勢變大，我可以從廚房的窗戶看見雨。雨讓窗外的景色變得模糊，但是景色會再現。相同的一天，相同的天氣，相同的雨。但是我把那一股霉味去除了。我把角落牆紙上的一點黴菌清除了，我把冰箱清理乾淨，因為即使門是開著的，裡面還是有些發霉，我也洗了廚房的地板。當屋裡轉涼，我會打開電暖爐，如果還不夠暖，我會把廚房的烤箱也打開。或者烤麵包，又或者煮一道菜，在爐子上安靜地烹煮。這樣一來，屋裡總還是會有些聲響。

#298

早上，我的感覺最深刻。有時我覺得自己好像醒在全然不同的一天。我想，九月吧。是窗外的光，或是我打開門時的那一陣風。一陣暖風，瞬間又消失了。來了又去的浮光掠影，宛如時光裡的裂縫，彷彿在我的日子裡出現了另一個時間，一個從底層滲透出來的正常的一年。我在尋找裂縫，我到鎮上去尋找九月，我如狗一般探查氣息。它持續了片刻，然後又消失了。

#317

我開始擬定計畫。我在樹林裡擬定計畫。不是在夜間屋後的院子裡。不是在黑暗中使用望遠鏡的時候。不是我帶著雨傘、肩上揹著包包，在街道漫無目的遊走並想著自己究竟是怪獸還是人類的時候。我在樹木間，在樹林小徑上，在被黃色褐色落葉覆蓋的空地上擬定計畫。我趁湯瑪斯外出時去拿了我的冬靴。冬靴藏在玄關的一個櫃子裡，而此刻，我在樹林裡漫步。我沒有跟隨湯瑪斯的路線，因此不會遇見他。我與他的路徑一度非常靠近，但是在那之前我便拐彎往另一個方向走去了。我還沒有準備好和他碰面。我轉身往回走。小徑上一片濕漉漉。我走在落葉上，腳底有點滑，在沒有落葉的地方，我可以感覺到潮濕的土壤。這些濕土拉扯著我的冬靴，緊緊地抓住了我，我走路的時候，都得稍微用力把腳往回拉。

湯瑪斯走的是另一條路。他會走鋪滿石子或礫石的小徑，而我的裝備適合走在鋪滿落葉和泥土的路上。我避開河水和老磨坊，在樹林中央拐彎，現在是十一月，但是在樹林深處的樹上依然有葉子，我覺得，這裡像是九月或者十月。我感覺樹林彷彿敞開了胸懷。在我的十一月的底層深處有些什麼，而樹林拉扯著我，彷彿想要我留下。它緊緊吸住我的鞋底，我猜它想要告訴我有關九月和十月的一切，但是我繼續前進，我知道，現在是十一月。

我在不同的時間點外出。下雨的時候。或者陽光穿透樹梢的時候。午後，我走到樹林外緣的田野旁。我做好準備。我在小徑上和雨中擬定計畫。穿越樹林後，我回到埃爾米塔什街的房子。有時，我被雨淋得全身濕透才回到家，有時只是覺得冷，但是我會把電暖爐帶進廚房，關上門，打開暖爐，然後用水壺煮水。我會打開烤箱，上面有烤架，然後在橘色的加熱管下烤麵包，不知不覺中，廚房便溫暖了起來，一天就這樣過去了。

#339

他向我走來。湯瑪斯。他在非常靠近的時候才看到我。我本來只是長凳上的一個人，但是忽然之間，我變成了在他面前的塔拉。

我坐在樹林入口石柵欄旁的長凳上。不遠處的停車場，停了幾輛車，一直到湯瑪斯沿路走來以前，我都沒有看到任何人影。我可以從樹縫間看見他一路走來，手上沒有信件和包裹，只在肩上揹著一個包。

他沒有預期會在樹林裡遇見我。他以為我人在巴黎。他一路走來，我揮手，他停下來，充滿驚訝。

於是，我把一切都告訴了他。我問他願不願意坐在長凳上，在我的身邊坐下，或是想要穿越林子？他說，他想要穿越樹林，於是我們並肩而行。我再一次告訴他關於十一月十八日的事，我所有的經歷，這一次還包括了幽靈和怪獸、望遠鏡和房仲，以及那棟灰色的房子，房子裡有一臺冰箱，門打開時不會撞到流理臺，但是會自動關上，此外還有冬靴，以及走路時緊緊吸住靴子的泥土。

我們避開了濕漉漉的小徑。我們走在石子和礫石上，我們根據他的路線走到河邊的老磨坊。我們沿著河岸的路，在天黑前沒多久回到了停車場。我堅持要他跟著我。他猶豫。我已經把埃爾米塔什街上那棟房子的事告訴了他，但是還沒有告訴他，我的計畫。

我開了門。即便這只是一棟借來的房子，他仍是我的客人。我沖了一杯咖啡，用玻璃杯盛裝，因為這裡只有一個馬克杯，但是櫃子裡卻有足夠的玻璃杯。我幫彼此倒了咖啡，然後一起坐在廚房裡聆聽雨聲。我帶他進了屋裡，所以他沒有被困在雨中。我買了柳橙口味的巧克力，但不是在我常去光顧的那間超市，而是在米尼奧萊廣場附近的一家專賣店裡買的。

我說，我的計畫是要回到巴黎。我要結束我的循環。我要在一年後回到那個再次重啟的十一月十八日。我希望他可以和我一起去。我需要幫助。需要一個錨、一條救生索、一個停泊點。一個我可以抓緊的人。我已經過了三百三十九個日子。我就快過完一年了。我能確定嗎？是的，我可以確定。又或者，幾乎確定。當我蒐集了三百六十五個日子以後，一年就過去了，而且今年不是閏年，我已經查過了。

我告訴他，我在十一月的日子裡，曾經感受到其他的時光，我在這一年裡曾感受到九月和十月。世界是透氣的，世界有裂縫，世界底下有另外一個時間。我曾經想過這件事，但是一直到現在，我搬到埃爾米塔什街的房子以後，才真正感覺到。在樹林裡的漫步更讓我確定了這一點。有一個新的十一月十八日即將到來，這一切應該會有個出路：在十一月十八日來臨的時候跳進去，抓緊它，跟著它登上一個可識別的時間。我們可以一起尋找出路。我們必須嘗試找到可以脫離十一月十八日的那一扇門。我們必須回到這一切的源起之地。他願意相隨嗎？他可以當我的錨、我的救生索、我的停泊點。我們可以如往常般寄宿在麗森飯店，我們可以早上起來在飯店吃早餐。我們可以看見那一片滑落的麵包。或許，在它落地以前接住它。我們可以把這一天矯正過來。我們可以把書本歸還到它們的書架上。我們可以拜訪菲力普和瑪麗，我們可以一起坐在店裡的櫃檯旁。塞斯特斯會在櫃檯上的一個透明盒子裡。這一點我非常確定。瓦斯暖氣爐仍會蒙著灰塵，和所有東西一起放在店鋪裡。菲力普和瑪麗會圍著櫃檯坐著。我們可以讓這一天保持平衡。

他猶豫了。我們怎麼知道該做些什麼呢？有無數的可能性，我說，我們會找到正確的那一個。我們會一起找到出路。我勾勒出更多場景。我們可以一起重新經歷我的第一個十一月十八日，我們可以在菲力普和瑪麗那裡結束這一天。我們可以把瓦斯暖爐從店鋪後側搬出來，我們可以點燃那臺裝置，我可以把手燙傷。我說，我們可以複製這一切，然而，他不確定複製這樣一個已經一再重啟的日子，究竟能有什麼幫助？

我說，或許我們可以做完全相反的事。別的事。一面鏡子。一個對立面。他可以複製我的一天。或許只需要這樣做就可以了。或許缺少的就是他。我可以告訴他一切的細節。這並不困難。誠然，那會造成傷害，但是很快就會過去。當店裡開始熱起來以後，他得站起來用力地推一下瓦斯暖爐，同時把手放在暖爐最上端那片過熱的金屬上。這一切很快就會過去。他不會有太多感覺。店裡有碗和冷水。他可以使用ＯＫ繃和消毒藥膏。飯店裡有冰塊，我隨時都會做好協助他的準備，他無需感到不安。

我可以看見他開始環顧廚房四周，在椅子上不安地扭動，朝玄關的門瞥了一眼，他在尋找出路。

我急忙說，或許我們可以尋找完全不一樣的方式度過這一天。至於要用哪一種方式，我們可以待抵達後再做決定。但我確信我們必須等到一年過去以後。等到十一月十八日的歸來。我已經感覺到一整年的時間湧入了十一月十八日的裂縫裡。我堅持只要仔細感受，他也會感受到十月。很快就會來到十一月，當我們靠近十一月十八日的時候，就該出發了。

他看著我。我可以看得出來，他認為我瘋了，反覆無常，精神不穩定。他環顧廚房四周。他看起來很疲憊，忽然間，我可以感覺到那股我以為已經清除掉的霉味。我看著我們空著的玻璃杯，杯底集積了一圈黑色的液體。儘管我在進屋時已經開了電暖爐，還是感受到一陣寒意。

湯瑪斯認為我應該跟他一起回家。而且他也餓了。我把桌上剩下的巧克力推給他，但是他不吃。我們等到雨停，才關掉電暖爐，然後出門。路上，我們經過一家披薩店，買了披薩當晚餐，經過一陣遲疑仍難以決定，最後買了兩客不同口味的披薩。

我快速地計算，如果當初從巴黎回來開始就是這樣生活，對世界會有什麼影響：六百七十六個披薩盒子、六百七十六客披薩，但是我什麼都沒說。在我等著這份晚餐的同時，湯瑪斯走向街道前方去買了兩瓶葡萄酒，因為他無法決定，所以分別買了一瓶白酒和一瓶紅酒。

我看得出來。他有點懷疑。或許他是對的：我瘋了。但他顛倒了前因後果。我不是因為瘋了而幻想自己度過了三百三十九個十一月十八日，我是因為度過了三百三十九個十一月十八日而發瘋。十一月十八日讓我變得奇怪。我要出來。我希望他可以幫我，但是我已經知道，這是一個我無法達成的希望。我可以看得出來。他被困在自己的模式裡，而我無法得到任何幫助。

他寧可不相信我，但他無從選擇。我們開始穿越樹林時，我告訴他有一輛車緊接著就會抵達我們身後的停車場，我可以告訴他太陽什麼時候露臉，我可以鉅細靡遺地預測雨勢的變化。他不得不相信我。但是他大概也沒有錯，我確實變得反覆無常。我已經失去了判斷力。我無法保持理智。這讓他感到困擾。他其實只希望這個夜晚就這樣過去，然後醒在一個完全正常的世界。然而這也不是一個選項。

我們坐在扶手椅上，以披薩和紅酒消磨這個夜晚。他非常明顯地不願意陪我去巴黎。他不希望參與我的計畫。他不認為這會有任何幫助。他說我們應該等待。我應該陪他一起留在家裡。他說，等到明天。他指的是十九日這一天。我說，明天也依然是十八日。他並不確定。他認為我們應該過一天算一天。他堅持這樣做。他說，我們或許有機會，在十九日這一天醒來。他說，時間早晚都要回到向前推進的運行軌道上。或許突如其來的。或許就在明天。或許時間會自我修復其缺陷，我們應該去睡覺，誰知道呢，或許我們一覺醒來就成為了克萊龍蘇布爾一棟房子裡的T. & T.謝爾德。在十九日這一天。

我本來就希望他會這樣說。但是此刻聽起來卻有些不對勁。他這樣說彷彿只是為了避免和我一起走，而不是因為他坐在扶手椅，手裡拿著披薩，懷著想要和我分享的希望。但，或許我對他的要求太多了。或許我不該建議他燙傷自己的手。但是我知道，那並非導致這個結果的理由。他無論如何都會拒絕我。我不過給了他一個退路。一個不和我一起走的理由。我幫了他一把。

我堅持我們必須擬一個計畫。他認為等待才是最好的辦法。他說，你不能計劃一切。有些時候你只能做好準備。過一天算一天，保持警惕。有些什麼將會浮現。一個機會。一個緊急出口。他說，或許我自己去一趟巴黎才是最好的辦法。我銳利的目光將為我引路。如果我在年末時四處走走。他說，憑你的能力。憑你對細節的感知。

他這樣說，是因為他不想陪我上路。他希望留在自己的模式裡。我知道這一點，他也知道，所以也沒有反駁他的必要。

湯瑪斯認為我們該睡了。我們應該對夜晚的可能性保持開放的態度。我沒有反駁他，但是，稍晚，他睡著後，我便偷偷地溜出臥室。我走下樓，在玄關找到冬靴，繫上鞋帶，再從掛鉤取下我的外套。我穿上外套，小心翼翼地開門，當我正要走出門的時候，聽見樓梯上傳來湯瑪斯的聲音。他說，他很清楚知道我要去哪裡。我在黑暗中點點頭，關上身後的門，穿過街道走了回去。

夜晚的天空幾乎被雲覆蓋，但是雲層正要撥開，雲向東北方移動，而我回到了埃爾米塔什街的房子。廚房的窗戶裡留著燈光，我們離開時忘了關燈，門也沒鎖。屋內很冷，因為我們離開時關了暖氣。桌上放著我們的玻璃杯，我把杯子移走，把我的那一疊紙拿過來，坐在桌旁，然後把桌上剩下的巧克力吃掉。

我還穿著靴子，把外套披在椅背上。我依舊有些計畫。某種計畫。我不知道是否還能將之稱為計畫。它們是鬆散的、開放的。是場景和可能性，並非確切的計畫。我想像著脫離十一月十八日的出路。我不知道這是一條什麼樣的路，但是我知道，湯瑪斯不會與我同行。

#340

十月天，醒來時，我這樣想。時間已經接近傍晚，但是我得到了充分休息，感覺已經做好準備。我躺在床上，仍穿著衣服，昨晚我僅僅脫下了外套和靴子。我的靴子散落在地上，光線透過玻璃窗門映射進來，沒一會兒，陽光又被雲遮住了。過了片刻，雲又飄走，閃耀的陽光從玻璃門穿射而過，我起身撿起靴子，提著走下樓。我在走廊放下靴子，打開通往後院的門，陽光從一小片十月的藍天照耀下來，投映在地磚上，過了一會兒，當十一月的感覺又回來時，我關上門，在桌旁坐下。紙張仍在我面前的桌上，外套依舊披在椅背上，這裡有點涼意，但是我已經開了電暖爐，我估計，這約莫是十月二十三日。應該就是，我感覺得到。陽光是十月的陽光，儘管只是一閃而過。

#348

我開始感到不安。我數著日子，在筆記本寫下#348。我細數著十一月的日子，但是當我仔細觀察時，可以感覺到十月的最後一抹光影。

我做好離開這裡的準備。我把一切都收拾好。昨天，湯瑪斯外出時，我把最後剩下的東西都搬回家了：幾本書、一些廚房用具、一個鞋刷和一罐借來的鞋油。我的冬靴回到了當初找到它們的櫃子裡。我從客房的書架拿了一些紙、幾支鉛筆和一支原子筆，全部一起放進了包包。彷彿我有什麼話想要說似的。

我把客房裡最後要收的東西都收拾好了，要離開時，忽然想起必須把我的手機帶走。我搜遍了房間，終於在床底下找到，躺在塵埃裡。手機當然還是無法使用，但是我匆匆地把手機放進包包，走了出去，關上門，再把鑰匙放進我包包前面的口袋。

這感覺像是告別。我是一個客人，而我包包裡的鑰匙是借來的。我應該歸還鑰匙，但我卻走到鎮上，把手機拿去檢查。店家說是SIM卡或記憶卡出了問題，手機也沒電了，但不久後應該可以使用。我買了新的充電器，我不知道舊的去了哪裡，而現在，我想我已經準備好要離開了。我把護照放進包包，把衣服找了出來，也把我在十一月十七日和十八日買的那一小疊書找出來放在桌上。我把所有的紙張都集中在一個黑色文件夾裡，還有那本畫滿每一天的記號及寫滿每一天編號的筆記本。這一切都放在我身邊，在埃爾米塔什街房子的廚房裡，我做好了離開的準備。我要離開十一月十八日。我希望能找到一個出路，而這個想法讓我感到不安。

#349

此刻我可以感覺到：一年的時間已經從我的十一月十八日底下流逝。我已經無法再有別的想法了。我必須結束這個循環。我即將結束我一整年的十一月。我必須進入另一年。另一個時間。

今天早上，我離開了埃爾米塔什街那棟房子，我鎖上門，把鑰匙放在院子裡的一個花盆底下。我走到車站，搭上開往里爾的火車，再從那裡前往巴黎，而此刻我坐在麗森飯店的房間裡。現在是午後。同樣的城市，同樣的房間，然而，還是有些什麼不一樣了。這是即將結束的一年。這是我要去的地方，滿是裂縫和斷面的終點。我已經在路上。

當我打開麗森飯店的門走進去的時候，接待人員從電腦螢幕前抬頭看了我一眼，伸手拿了十六號房間的鑰匙，彷彿什麼事都沒有發生過。我拿了鑰匙，爬上樓梯，來到了離開將近一年的房間。床已經鋪好，床罩上還擱著我的一些東西：一盒薄荷片，一支筆身上印著「光之廳」的深綠色原子筆，那是我在十一月十七日的拍賣會上拿到的，應該是離開時遺忘在這裡了。

房間並沒有給人賓至如歸之感。熟悉，但是沒有家的感覺，我不知道自己是否還有家。我的家不再是克萊龍那棟房子，在那裡，湯瑪斯在他的模式裡走動，此刻，湯瑪斯應該已經把他濕透的外套掛在玄關，然後在樓梯和地板間走來走去。我的家不是那間面對著花園和蘋果樹和一堆柴火的房間。我的家不是那棟在埃爾米塔什街的灰色房子。我不屬於任何地方。我住在十一月十八日裡。我搬進了十一月的其中一天，但是現在我想要離開。我不想再繼續下去了。我已經做好要跳出十一月十八日的準備。

我在房間的桌旁坐下。我吃著十一月十七日那天的薄荷片。那是一個日子順流而下的時間。十六日，十七日，十八日。十九日。

我努力地把時間連在一起，企圖來到十九日那一天。我用那支綠色的原子筆書寫並想著十一月十九日：走近一點，十九日，請進。

#350

昨天下午，我經過了菲力普．莫雷爾的店鋪。店裡有燈，我可以看見店裡只有瑪麗一個人。我在店鋪對面的人行道上來回走動好幾次，最後才過了馬路，停在窗前，俯視著店內。櫃檯上有三枚放在透明盒子裡的錢幣。現在是下午四點二十分，我只知道菲力普會在五點之前回來，但是不知道準確的時間點。我猶豫片刻，還是走下幾個階梯，開門走了進去。瑪麗從店鋪的另一端走來，完全沒有認出我。我打了個招呼，請她讓我看看那些展示的錢幣。她向我展示了硬幣，友善地告訴我關於錢幣的細節。她馬上感覺到我對中間這枚最感興趣，便告訴我說，這是一枚刻有安東尼努斯．皮烏斯肖像的古羅馬塞斯特斯。我點點頭，拿起盒子，看得出這枚錢幣與我送給湯瑪斯的那枚極為相似。或者應該說：就是同一枚錢幣。我不必假裝是否確定。那就是我的那枚塞斯特斯。它回到了櫃檯上原本的位置。塞斯特斯旁有一枚刻著卡斯托和波魯克斯肖像的銀幣，另一旁則是一枚刻有亞歷山大燈塔的銅幣。這些都是我在第一個十一月十八日櫃檯看到的錢幣，我毫不懷疑，這枚塞斯特斯就是我買下的那一枚。

我猶豫著。有那麼一瞬間，我考慮找個辦法到店鋪後方去檢查那罐藍色瓦斯瓶上的灰塵，但是我的時間不夠，而且我忽然覺得，如果期望能逃離這一天，那麼在十一月十八日這一天的舉動必須異常小心。忽然間，我害怕打亂這一天，於是我有點唐突，甚至有些不禮貌地說了聲謝謝，便急急忙忙離開了店鋪。我快步走上階梯，走到對街一間小型雜貨店。就在這個片刻，我見到菲力普穿過街道走向店鋪，我拿起購物籃，躲進貨架之間，他則站在櫥窗前對瑪麗招手，隨即走進了自己的店。

當我稍後離開雜貨店時，時間是四點四十五分。我四處張望，匆匆地沿著牆走，斜斜地過了馬路，沿著阿爾瑪傑斯特街繼續往下走。非常明顯地，這是和我上次出現時一模一樣的十一月十八日。沿街往下不遠處的某間店鋪前，我看見一隻深褐色的狗在等待主人，我非常確定在我的第一個十一月十八日，尚未抵達菲力普的店鋪前，曾看見狗主人從店裡出來把狗帶走，而果然如此：狗主人接著從店裡出來，手上拿著一個十分容易辨認的土耳其藍色塑膠袋，鬆開了繫在店門口柵欄上的繩子。

暮色即將降臨阿爾瑪傑斯特街周圍的街道。我沿著雷納爾街來到街尾那個小小的廣場，穿過環形劇場通道，越過香敏納大道，在雷內特街拐角處的一家咖啡館坐下。

這些街道是我熟悉許久的街道。尚未認識湯瑪斯前，我在這裡住了一年，那時我還是個學生。一年後才認識了湯瑪斯，之後又因為一些共同朋友認識了菲力普，他們當時住在穿過環形劇場後方街上的一間公寓。他們已經搬離此處許久了，然而，這裡依舊是我熟悉的街道和公園，菲力普的店在這裡，麗森飯店也在這裡，還有我經常逛的商店，及古籍書店的同業們。這是我經常回來的熟悉之地，無論是獨自一人或是和湯瑪斯一起，都是如此。然而，此刻這裡只是一個時間停滯不前的世界。我想要一個時間能前進的世界——在這個世界裡，十一月十八日就如其他的日子，可以讓你將一切拋諸腦後。

稍晚，我離開咖啡館，走回酒店，途中經過一間以前不曾拜訪的古籍書店。窗內的光線灑落在櫥窗前書架的幾排書上。書架旁放著灰色的塑膠布，準備下雨時蓋在書架上。但那是不必要的。我可以告訴他們，他們大可放心把塑膠布收回店裡，半夜才會下雨，那時商店早就關門了，書也已經安全地搬回店裡了。

我停頓了一會兒，但是沒有走進去。我走回飯店，上床睡覺，然後再一次醒在同樣的十一月十八日。我吃了早餐，拿著熟悉的報紙，也看見那一片滑落的麵包、低調的撿拾動作、裝著可頌麵包的盤子，而這一切，都太過於熟悉。

#354

我要如何才能走出十一月十八日？我是如何走進來的？我走進了一扇錯誤的門嗎？一扇周而復始的門？我不知道答案。我在尋找出口。如果你能進去，總可以出來吧。我這樣想。你如何能打開一扇不想被打開的門？一腳踢開？破門而入？點一把火？找鎖匠？許願？密碼？咒語？我不知道答案。我想，總有什麼是我可以做得到的。有些事情需要改變。我必須糾正錯誤。我必須找到正確的時間點，然後反擊。

然而我不再確定了。我在街頭穿梭，十一月十八日突然顯得脆弱，充滿了隨意都能踢開的大門。我穿梭在十一月十八日的瓷器店。玻璃。水晶。從地板到天花板。我可以如大象、如蝴蝶般穿梭這一天。我該怎麼做？我該咆哮著衝出這一天，還是小心翼翼、輕輕地在世界四處飄動？我是那一隻只要輕輕揮動翅膀就能啟動一場暴風的蝴蝶嗎？還是一隻可以藉著助跑而把牆壁推倒的大象？我不知道。我在我的街道上穿梭，我想，我應該可以輕而易舉地就做些什麼。有所行動應該不難。一腳把門踢開吧。但，如果不必破門而入呢？如果你只需輕輕地敲門呢？但是，哪一扇門？

#355

一定有些差異能讓人掌握。某種變數。一種改變。然而差異是什麼樣子呢？我不知道，但是如果我對我的日子瞭若指掌，如果我對我的街道非常熟悉，那麼只要有什麼新的事情發生，我應該可以看得出來。

我不再想像十一月十八日這一天有什麼是應該做的，不再覺得該去拼拼圖、轉動門把、採取行動。我不認為自己應該介入這一天所發生的事，或者移動十一月十八日的任何物品。

我想像自己可以看見經過了一整年後浮現出來的新事物。一些已經出現的小小縫隙。我想像那些熟悉街道的改變，在所有的周而復始裡，終會有變數、差異。

但是，那差異是什麼？是聲音嗎？一種氣味？顏色，還是形狀？是綠色還是藍色？差異究竟有多小？是發生了一件事情，還是一個行動？有發生什麼突如其來的事嗎？引人注目或奇特的事？還是一些極其日常或平凡無奇的事？又或者並沒有發生任何事情？而是什麼東西不見了？消失了？

我想像著一個全新的十一月十八日，但是我不知道這全新的一天如何與舊的那一天區分開來。我想天氣會不一樣。但，是更溫暖還是更冷？一場出乎意料的雨？我想像著一個破口、一個改變。但改變如何發生？會在最意想不到時發生，或是必須全神貫注、聚精會神去留意？需要仔細地傾聽、嗅探、觸摸或觀察嗎？我不知道。我在尋找細節。保持警覺，隨時待命。

我等候著，做好準備，直到時機成熟，而在那以前：忍耐，忍耐，忍耐。

#356

當你不知道等待的是什麼的時候，忍耐是非常艱難的一件事。你很難在充滿紛繁事物的這一天裡找到不同之處。

無論我走到哪裡，所有的一切都是一樣的。同樣的商店和同樣的顧客。在雷納爾街公園的入口處，同樣有著一個塞滿垃圾的垃圾桶，三個裝漢堡的袋子和一個印有紅色字母的披薩盒從垃圾桶裡掉出來，掉落在一張長凳下。沿著街道往下走，會看到那家起司店裡擺賣著相同的起司，店裡有兩個招牌，芭蕾舞者般在舞臺上圍繞著起司做單足旋轉。一扇綠色的門上有著奇特的淡藍塗鴉，有一個女人站在門口，伸出一隻腳跨在門檻上，雙眼檢視著街道，還有另一個雙手提著購物袋的女人，試圖示意著她要過來，她舉起手，但是袋子太重，所以只能在空中輕輕晃動著袋子。

人們穿著外套和鞋子。有個男人一面過馬路，一面掏出手機。有人開門，有人關燈。一個女人走上人行道時掉了幾枚硬幣，硬幣在她周圍飛舞了一會兒，再悄然降落，她把硬幣一枚　枚撿起來。我站在街的另一端，昨天她在那裡，今天她也在那裡。如果她是我的差異，那麼有什麼是不一樣的呢？是她的眼神，還是散落一地的硬幣？是從五枚硬幣忽然變成七枚嗎？我要如何發現差異？是街燈忽然在另一個時間亮起嗎？我要如何才能看得出來？是提早五分鐘還是延遲兩分鐘呢？

如果我想察覺光線的變化，必須熟悉我的風景。我在我的街上走動，保持警惕，閱讀街上所發生的事情，將其儲存在我的記憶裡。

#361

紛亂的街道令我有種歸屬感。我對自己的街道非常熟悉。我曾抬頭看過房子上的窗戶，也曾低頭看著人行道，我在咖啡館閱讀報紙，觀察進進出出的人們，每天都是同樣的報紙，同樣的人們。我從莫雷爾錢幣公司前經過。我看過瑪麗開店時把一個招牌立在街上，也看見菲力普熄了店裡的燈。我看過他鎖上門，也曾尾隨他去了一間咖啡館，他和瑪麗約好晚上八點十五分在那裡碰面。我保持著距離，觀察他們。我不應該打擾他們。我不應該干涉他們的一天。

我曾聽見救護車和汽車的聲音，和一陣讓兩個路人驚恐地靠在一起的單車鈴聲。我走過雷納爾街旁那座小公園裡的碎石小徑，在清晨走過被雨打濕的人行道，也曾走過午後無雨的街道。我聽過清晨玻璃回收箱被清空的聲音，以及貨車在狹窄的通道倒車的聲響。我看過一輛貨車停下來運送辦公椅，還有兩個男人將椅子一把接一把拖著越過人行道，送進一棟大樓，他們一次搬運兩把椅子，有時三把，都是黑色的，椅子底下有輪子，全用塑膠袋蓋著，一共四十七把椅子，因為我已經數過了。

#362

這是一個我所熟悉的世界，而我已經準備好了。準備要跳躍。準備好要掌握突如其來的變化。或者準備好要潛水，我想。為什麼非得是跳躍呢？或許也該做好屏息的準備。

我猶豫不決。坐在十六號房裡，心想，不知道該跳躍還是潛水。前一刻，我小心翼翼地度過這一天，準備好縱身一躍，而下一刻，我卻深呼吸，做好潛入水裡的準備。

#365

我在天亮前醒來。走入黑暗中的早晨時，街道依舊濕漉漉的。離開飯店的時候，時間將近早上五點，雨才剛停。

我的警報系統在我剛睡醒時就被啟動了。我的注意力被觸發，意識負荷過重，神經系統嗡嗡作響。我知道，我尚未完成這件事，還差一點。一切都像我所熟悉的一天，但卻忍不住留意著每個突發的變化。

如果時間在流動，此時應該是十一月十七日，十八日的前一天。明天又將會是十一月十八日，因為一年已經過去了。是這樣嗎？我的計算正確嗎？我仔細梳理所有的思路。不，今年不是閏年。我從包包拿出我的筆記本。我數了數所有的記號和天數，結果都是一樣的：這是我這一年的最後一天，而明天將會是十一月十八日。

我準備好了。我尋找著證明這一天與過往不同的跡象，但看見的只是重複往返，只能等到明天。儘管如此，我還是保持警惕。緊張且警惕。準備出動。我在尋找一個可以緊緊抓住的改變，一個差異，一種轉變。現在是晚間。我坐在十六號房，或許醒來後會發現一切有所不同。如果我能睡著的話。

#366

我夢見我在游泳，醒過來的時候，我想，一切都會好起來的。我可以在我的這一天裡隨意漂浮，我只需游泳。或者漂浮，我想，就像那片飄浮的麵包，懸停在半空中，直到掉落。

我吃了早餐。漂浮著。游著。我起身，在自助餐檯取了餐點，再次坐下。呼吸。放鬆肩膀。我的周圍有水，感覺輕盈，我毫無困難地滑行。或者說，我是在空氣中不慌不忙地漂浮，就像那片輕飄飄的麵包。

我想，該發生的事，當它發生時，我會知道。當時機成熟時。我得四處漂浮、涉水而行。我在屬於我的這一天外出。相同的一天，但是感覺更親切。開放，充滿可能，也充滿了細節、事件以及隨時都可改變方向的行動。

我有一天的時間需要消磨，而我隨遇而安。我沒有任何計畫。我有一個草圖，我可以不受拘束、安靜地按照草圖行事。沒有任何目標，也沒有需要捕獲的獵物。我不是一隻盤旋的猛禽、兀鷲、鯊魚，或跳躍的貓。我並沒有處在警覺狀態之中。那是另外一種情況。我在路上。我想著，回家的路上。我手持開放的車票，沒有行程表。我從街道的各種細節走過，身處充滿細小事件的宇宙，大量的物品、事件和預感，堆積在我的記憶裡。

那麼多的東西、色彩。那麼多的招牌、商店、人，商店裡有那麼多的物品，那麼多的門上有那麼多的門把、那麼多雙鞋子在街上漫遊、那麼多的外套、那麼多的髮型、那麼多的外套上有那麼多的鈕釦、在那麼多的鞋子和那麼多的衣服上有那麼多的縫線、那麼多的石頭在那麼多的人行道邊緣；那麼多的細節，一個物品的漩渦，這些物品都充滿了微小的細節，我在十一月十八日的街道所蒐集來的一切，層層疊疊，如此之多，以至於我的意識不得不將其緊緊壓縮，而我卻以一種異常的輕盈感穿越這一切，我想，真是奇怪啊，人們居然可以毫無困難地漂浮在這樣一個緊密的世界裡。

在這所有的細節裡，總有個地方會出現差異，我這樣想。一個可以讓你緊握住的東西。如果在我的日子底下藏著一個全新的十一月十八日，必定會從裂縫裡滲透出來。我會察覺那差異，我會慢慢靠近，將之牢牢抓住、攀上、隨之流動。

我徘徊在熟悉的地方。那些我在第一個十一月十八日曾拜訪又一再重返的地方。我經過了兩間古籍書店，那是我買下《飲用水歷史》和《天體》的地方，但我只是站在櫥窗外。我經過菲力普的店鋪，瑪麗如往常般站在店裡，我從街上看見她，然後繼續向前走。我帶著這種輕盈的感覺，在這如常的一天裡行走，但是我準備好了，這一天將會開啟，我將從那一道把我吸進去的閘門裡走出來。相同的激流。洋流、氣流。我泅泳，我漂浮。我等待。

直到我突如其來地被人叫住。大聲地。那是我的名字。塔拉。然後又一次。更大聲了。

我轉向那聲音。他叫的是我。菲力普。我轉身，他向我走來。面帶微笑。

他很高興地看著我。他根本不知道我在城裡。湯瑪斯有一起來嗎？我是否有時間和他去店裡一趟？他正要去店裡。他其實有些事要辦，但是這些都可以先等等。他說，他想讓我見一個人。他的女朋友。瑪麗。我們已經很久沒有好好聊聊了。湯瑪斯還好嗎？他們很快就會到克萊龍蘇布爾，他和瑪麗。他們其實最近才聊起這件事。發生了很多事，當我跟著他走向人行道的時候，他這樣說。我很困惑，因為這不是我設想的情況。在路上遇見菲力普不是我設想的場景，我沒有調查我們在店裡見面前的那個下午，他做了什麼事，我也從未想過這樣做。

他說他剛從銀行出來。他去那裡開會。他和瑪麗希望買下店鋪三樓的一間公寓。那是一個老婦人的公寓，她幾個月前過世了，公寓的繼承者想要把公寓賣了。公寓的狀況不太理想，換句話說，公寓裡塞滿了東西。老婦人是個囤積狂。非一般的，而是極端的囤積狂。

我們抵達了店鋪，當我們走下階梯時，我看見了瑪麗，她站在櫃檯前，正把幾枚錢幣放入展示托盤上。

菲力普將我介紹給瑪麗，說現在有兩個好消息：一是我來拜訪他們，還有就是銀行批准了他們購買公寓一事。我們閒話家常，聊起湯瑪斯和克萊龍蘇布爾，與此同時，菲力普匆匆地出門去買葡萄酒。瑪麗說最好買香檳，因為我們得慶祝一番，她邊說邊把放著錢幣的托盤放回隔壁小廳的展示櫃裡。

菲力普帶著一瓶香檳回來，他把香檳放進店鋪後端的冰箱，在他鎖上店門並把告示牌掛在窗戶時，我和瑪麗從店的後門來到後樓梯，在半昏暗的樓梯間，找不到燈的開關，但是菲力普追上了我們，他帶著瑪麗的外套並遞給她，以免她受寒。同時間，我找到了開關，開了樓梯間的燈，我們走上三樓，來到一扇棕色的大門前，菲力普從口袋裡掏出鑰匙開了門。那是公寓的繼承者借給他的鑰匙。

他們希望能盡快把公寓售出，尤其希望菲力普和瑪麗能夠以公寓原本的狀態買下：很明顯地，公寓已足年久失修的狀態，塞滿東西，這些東西都必須搬走，才有可能重新整修。

公寓裡到處都是箱子和一堆堆的東西：層層疊疊的報紙、堆積如山的衣服和塞滿書和雜誌的書架。在公寓最大的房間裡——之前肯定是作為客廳——報紙在地板堆積如山，只有狹窄的通道從這些堆積的報紙間蜿蜒穿過。我們沿著堆積物之間的小徑走入另一間房間，這裡沿著牆壁堆放著許多箱子，和衣服——成堆的衣服，而在房間的最尾端放著一個滿的貓砂盆。菲力普說，貓咪已經不在了。或者該說貓咪們。是兩隻貓。

他們將住在這裡。菲力普和瑪麗。這裡尚有許多事情需要處理，但他們很快就會開始進行。菲力普說，其實明天就會開始。就在他們簽完字以後。

我跟隨著他們穿越雜物之間的小徑。我想要走出十一月十八日，然而除了隨波逐流以外，別無他法。我記得自己那時相當困惑。感覺很奇怪，像是我找到差異了，我的變化。或許我已經被安排前往另一天了，前往一個新的宇宙，正在前往十九日的路上。伴隨著層層疊疊的報紙，伴隨著堆積如山的衣服，還有蜿蜒的路的盡頭那一個貓砂盆。

我們沿著那些狹窄的路徑往回走，回到玄關，來到了一間較小的房間，這裡幾乎已經清理完畢，公寓的住客和她的貓咪們曾經睡在這裡，她所有重要的個人物品也都在這裡。公寓的繼承者已經把所有要保留的物品都搬走了。他們希望新的主人把剩下的東西處理掉。瑪麗說，這需要時間，雖不至於做不來，但任務繁多。公寓的主人一生都住在這裡。瑪麗說，她的人生被壓縮在一間公寓裡，就像一個時間膠囊。公寓已經多年沒有修繕，廚房也有超過一百年的歷史了，浴室很小，應該也一樣歷史悠久。他們對這間公寓有許多計畫，但首先必須先打掃乾淨。

我們離開公寓時，菲力普把門關上。那是一扇漆黑且重得驚人的門，在門的中央有個大門環，在我看來，那是一隻黃銅製的小鳥，但被黑色的銅鏽包覆著，那底下有個難以辨認、幾乎褪色的名字，G什麼的。

菲力普關門時試了試門環，他用鳥喙——或者無論那是什麼東西，輕輕敲門，同時問，有人在家嗎？瑪麗微笑。她說，還沒。一切都在。但是沒人。

到了樓下的店鋪，瑪麗開了酒，找了幾個水杯，將香檳注滿到杯緣，我們為他們的新家和我的來訪，與愛，乾杯，乾杯，乾杯以後，她再把酒斟滿，然後問起我的旅程。我來城裡的目的，我來了多久，我將逗留多久，是否有時間再和他們相聚——或許稍晚，還是明天？我有什麼計畫？瑪麗正要出門，她要到城裡辦點事，但是不久後就會回來。

我猶豫了。我的這一天發生了意想不到的轉折。我在這個充滿了十一月十八日的一年的年末，到處走動，我帶著敏銳的警覺在街上漫步，我的整個警報系統已經啟動，我準備好要躍進另一個時間裡，而此刻，我站在菲力普店裡的櫃檯旁乾杯，而且還必須回答有關這一天的計畫。

我沒有任何計畫，我說，不再有了，然後，忽然間，我把一切都告訴了他們：關於我那停滯的一天，而且那天已經拜訪過他們了。我告訴他們發生了什麼事，告訴他們，我們曾經在店裡的櫃檯上一起吃飯，就在整整一年前的今天，或者說，在總數加起來相當於一年的那些天以前。我告訴他們，瑪麗和我從店的後端搬出了那臺布滿塵埃的暖氣爐。當時他們並沒有告訴我關於公寓的事，但是我們談了許多其他的事情。

不知為何，我認為他們會相信我。我沒有料到會被質疑。我的意思是，怎麼會有人捏造這樣的故事呢？但是我錯了。或許菲力普不希望有人為他和瑪麗的新生活帶來不安。他們不需要任何怪事。菲力普可以預見他和瑪麗的未來，他不希望日子停滯，他不想要焦慮不安。

就在我向他們敘述自己和他們的暖氣爐事故之際，我可以看見他們臉上的惶恐，我也看到了一些預想不到的事。在信任與懷疑間的搖擺不定，一種不確定性，不是因為我告訴他們時間的缺陷而產生的不安，而更傾向是剛萌芽的懷疑，一種否認，或許是對我的可信度的評估。

當我向菲力普展示我那淺淺的傷疤，並把他帶到店鋪後面那臺布滿灰塵的暖氣爐旁時，他看起來彷彿已經做了決定。他認為我說的都不是真的。我將從這扇門走出去。他對我的敘述產生懷疑。

就在我告訴他們關於第二個十一月十八日到店裡拜訪瑪麗的事時，氛圍改變了：我告訴他們，我買了一枚塞斯特斯，而此刻塞斯特斯已經回到店裡櫃檯原本的盒子裡；在我說完的那一瞬間，菲力普伸手把盒子拿起來，同時迅速地看了瑪麗一眼，他把盒子連同裡面的錢幣都放進袋子遞給我。彷彿如果他假裝相信我，便可以讓一切恢復正常。又或者只要我帶著塞斯特斯離開店鋪，他便可以擺脫這一切。

我拿過袋子。彷彿我們忽然發現了有些不對勁。我們站在店裡喝著香檳，我們依舊穿著外套，但是沒有人脫下外套或者坐下。我們當中沒有人知道該說些什麼或做些什麼。我們既沒有任何解釋也沒有解決辦法，而片刻後，我站在店門外，手上拎著一個袋子。

菲力普含糊地說了一些我們必須再見之類的話。他說，明天。但是我應該帶走塞斯特斯。

在街上，我突然感到有些不真實。有那麼一刻，我確定這是另外一天，十九日，或者全新版本的十八日，事情感覺有了改變，我走向阿爾瑪傑斯特街，懷著微弱的希望，希望一切有所改變，然而隨著我邁出的每一步，我越來越確信，今天和過去一樣，是相同的一天。

我思索著菲力普在我們第一次對談時，為什麼沒有提到有關購買公寓的事。我找不到解釋。我寧願相信那是因為此刻我身處在另一個版本的十一月十八日，但是我也已經確定，一切都和之前一樣。天氣是十一月十八日的天氣，繼續往下走，我看見一個女人把一隻深褐色的狗繫在一間商店門口，我試著假裝對隔壁商店的櫥窗感興趣，果不其然，幾分鐘以後，女人手上揣著一個土耳其藍色的袋子，把繫繩解開，帶著狗離開了。

天開始暗了，接著，街燈如往常般亮了起來。我肩上揹著包包，手上拎著裝了塞斯特斯的袋子，走著，什麼事都沒有發生。一切看起來全都一樣，但是彷彿少了一些細節。這裡只有街道和商店和咖啡館和行人。我在平凡的街道上踩著平凡的步伐。我並沒有漂浮在被壓縮的宇宙裡，我沒有泅泳在海洋精妙的細節裡，而我並不知道正往哪裡走去。

我已經失去了拜訪菲力普和瑪麗的機會。我不能再回到店裡。這個計畫並未失敗，因為根本沒有計畫，然而，我也無法改變這一個晚上。我無法坐在櫃檯前談論關於對十八世紀插圖作品的巨大需求，關於拍賣會及我最近收購的事。我不能談論愛情或者花園裡的蘋果樹、韭蔥和甜菜。我們不能圍坐談論阿爾瑪傑斯特街的生活、秋季的政治動盪、對歷史的飢渴及對羅馬帝國錢幣日益增長的需求。這一切都太遲了。我的夜晚開放著，什麼事都可以發生，我想，但卻什麼都沒有發生。彷彿我那擁擠的宇宙破了個洞，細節溢了出來，世界只剩下輪廓。簡單的事情。尋常的事物。

我在一間咖啡館消磨時間，之前便曾來過幾次。此時並沒有太多客人，我坐在靠近窗戶的桌旁，桌上擱著一杯咖啡和裝著塞斯特斯的袋子，稍晚，當所有的座位擠滿了用餐的客人，我才發現自己一個人霸占了四人座位，於是另外找了位於裡面的一張小桌子。我點了葡萄酒，讀了一會兒報紙，但這是一份我已經讀過的報紙，裡面充滿了熟悉的事件，而此刻店裡的空間也開始擠滿了人和餐盤和玻璃杯和餐具。最後，我走到街上，漫無目的地走了一會兒，然後轉身走回飯店。

在室外的冷空氣中，我的呼吸再次順暢了起來，我以平靜的步伐穿越夜晚的黑暗。裝著塞斯特斯的袋子響著輕微的叮噹聲，我可以聽見自己在人行道上的腳步聲，除此之外，只有周遭傳來的城市交通的聲響，聲音交織似的背景。有一種空虛感。但是在這個虛空裡，我感到解脫：一個熟悉的夜晚，一個沒有過多細節的草圖。缺乏細節、缺乏想像、缺乏場景、缺乏專注力和凝聚力，反倒帶來解放的感覺。

回到飯店後，我把裝著塞斯特斯的袋子放在桌上，稍後寬衣躺上床時，把沒有打開過的塞斯特斯連同袋子盒子都放在身邊。

我坐在床上，眼前放著紙張，我感覺我的十一月十八日彷彿有了一個破口。看起來像是個出口，但卻不再是我曾經想像的那些出口。我不知道發生了什麼事。除了等候，看看夜晚會帶來什麼，我什麼都不能做。

十一月十八日就快過去了。一年已經過去，而我已經準備好要迎接十九日了。我讓這一天保持開放。我追隨著這一天的步伐前進。我隨著其流動而漂浮，跟著這天去它想去的地方。我隨波逐流。而現在，我在泅泳。潛入水中。

潮浪小說館 007

逃脫時光迴圈 1：謎團

Om udregning af rumfang #1

作者　索爾薇・拜勒（Solvej Balle）
譯者　吳岫穎
主編　楊雅惠
責任編輯　楊雅惠
校對　吳如惠、楊雅惠
裝幀設計　廖韡
版面構成　獅子王工作室

出版　遠足文化事業股份有限公司 潮浪文化
發行　遠足文化事業股份有限公司（讀書共和國出版集團）
電子信箱　wavesbooks.service@gmail.com
粉絲團　www.facebook.com/wavesbooks
地址　23141 新北市新店區民權路 108-3 號 3 樓
電話　02-22181417
傳真　02-86672166

法律顧問　華洋法律事務所　蘇文生律師
印刷　中原造像股份有限公司
出版日期　2025 年 7 月
定價　350 元
ISBN　978-626-99618-5-6 (平裝)、978-626-99618-3-2(EPUB) 978-626-99618-4-9(PDF)

國家圖書館出版品預行編目（CIP）資料

逃脫時光迴圈 / 索爾薇 . 巴勒 (Solvej Balle) 著 ; 吳岫穎譯 . -- 新北市 : 遠足文化事業股份有限公司潮浪文化出版 : 遠足文化事業股份有限公司發行 , 2025.07　面 ;　公分 . -- (潮浪小說館 ; 7)
譯自 : Om udregning af rumfang.　ISBN 978-626-99618-5-6(平裝)

881.557　114004151